私と陛下の後宮生存戦略２
ー不幸な妃が幸せになる方法ー

かざなみ

富士見Ｌ文庫

JN019011

CONTENTS

プロローグ

この国、リィーリム皇国の人々は、『祝福』と『呪い』の二つの力を有している。

私――ソーニャ・フォグランの『祝福』は【病死や老衰以外の死因で死亡した場合、その一日前まで時間が巻き戻る】。対して、『呪い』は【死に繋《つな》がる不幸を招き寄せる】というもの。

だから、私は二つの力が発現した五歳の時からよく死んでよく生き返っていた。そして十六歳となり、おそらく『呪い』によって後宮入りした私は、唐突にもこの国の皇帝――エルクウェッド・リィーリム陛下の『最愛』に選ばれることになる。

その後、現在は皇帝陛下と共に後宮――紅蓮《ぐれん》妃宮、ではなく白菊《しらぎく》帝宮と呼ばれる宮殿の一室にて、日々を過ごしていた。

その結果に至るまでに、色々……そう、本当に色々とあったのだ。そして、今後も確実に私の『呪い』によって色々なことが起きてしまうことになるだろう。

……私は、死に繋がる不幸を招いてしまうから。

そのためにも、私は幸せにならなければならない。不幸など訪れる暇がないほどに。皇帝陛下と共に。

けれど……

魔境であった後宮を脱してから、『八日目』の今日。言い換えるならば、私が一度も死なずに迎えた六日目の今日、私は酷《ひど》く取り乱してしまうことになる。

私の胸中にあったのは、動揺、困惑、驚愕《きょうがく》、そして、不安と後悔。

――ああ、どうしてこうなってしまったのだろう。何を大きく間違えてしまったのだろう。

一度だけでいい。許されるのであれば、正直なところ時間を巻き戻してしまいたかった。けれど、それはかなわない。私には許されていないからだ。それに時間の巻き戻りなど意味をなさない。目の前の彼にとっては。

場所は私の死因となるような物がない殺風景な談話室。そこにいるのは私を含めて二人。簡素だけれどしっかりとした造りのテーブルを挟んで対面していた相手である彼――皇帝陛下は、終始真面目な表情をしていた。そう、先ほどまで真剣な様子で、私の話を聞いてくれていたのだ。それゆえに困惑するしかない。

――大陸屈指の大国リィーリム皇国の若き皇帝。

――数々の優れた功績を残し、歴史上、まれに見る『賢帝』と呼ばれる名君。

彼には常に確かな威厳があった。けれど、今、

「アアァァーッ‼」

「皇帝陛下っ⁉」

急に変な声を上げて後方に吹き飛んでいったのだった。

そう、改めて自己紹介を、ということで皇帝陛下と二人で会話をしていたら少しして彼がなぜかゆっくりと椅子を引いて、その直後――いきなり椅子ごと後ろ宙返りをしたのである。意味が分からない……。

彼は、たん、と後ろでまとめた男性にしては長めの黒髪をなびかせて華麗に着地する。しかも椅子ごと。見事な腕前であった。

そして、座り直す。その後、何事もなく「どうした？　話を続けてくれ」と威厳を醸しながら私に話の続きを促してきたのである。え、えぇ……。

ああ、本当にどうしてこうなってしまったのだろう。この先、大丈夫なのだろうか……。不安で不安で仕方がない。

私は、本当に――いつか彼と共に幸せになれるのだろうか？　昨日、彼と共に幸せになると決意したばかりなのに。

そして、その一分後に今度は椅子ごと華麗に横に回転しながら吹き飛んでいった皇帝陛下を前にして、私は現実逃避を始めかけていたのだった――

第一章　宮中にて！

リィーリム皇国現皇帝エルクウェッド・リィーリムは、近頃悩みに悩んでいた。

彼は、数多《あまた》のループを経験したことにより、大抵のことには容易に対処することが出来るような様々な知識や技術を身につけるに至っていた。しかし、そんな彼であっても当然困難だと認識することがある。

現在彼は、自室の床で布を敷いて座り、目を閉じて精神の統一を行っていた。

煩悩を頭の中から追い出し、ただひたすらに無を実感する。

自分は一個人ではなく、森羅万象に溶け込む無数の命の一つに過ぎないとイメージするのが肝心だ。

彼は、しばらくそのままの姿勢を維持し続け、そしてゆっくりと目を見開いた。

「アアアーッ!!　集中出来んッ！！！」

彼は叫ぶ。自室は、すでに防音仕様となっているため、いくら叫ぼうと外には聞こえない。

だから、彼は「チクショウめェェ!!」と誰に対してか分からない罵声を大声で思う存分に上げる。

そして、そのまま立ち上がると、勢いに任せて後ろ宙返りを行ったのだった。

彼は布の上であっても、足を滑らせることなく軽やかに着地する。

その時にはすでに冷静さを取り戻していたのだった。彼は、大きく息を吐くと同時に残心した後、真顔で懐からすっと懐中時計を取り出す。

そして、「時間か」と呟《つぶや》いて、敷いていた布を綺麗《きれい》に畳むのだった。

今から向かうのは、とある人物の部屋だ。彼は、先日から――いや、正確に言えば十一年も前から、その人物のことについて考えてきた。

何故《なぜ》なら、ある日、彼女の『祝福』と『呪い』、そして自分の『祝福』と『呪い』、その全てが幸か不幸か嚙《か》み合《あ》ってしまったことで彼は数奇な人生を歩むことになり――常日頃ブチ切れるような過酷な生活を送ってきたからである。

そして、ようやく最近となってすべての元凶である彼女を見つけることが出来たのだ。

彼女の『祝福』は【病死や老衰以外の死因で死亡した場合、その一日前まで時間が巻き戻る】であり、『呪い』は【死に繋がる不幸を招き寄せる】というもの。対して、エルクウェッドの『祝福』は【どのような他者からの祝福や呪いであっても、その影響を受けにくくなる】で、『呪い』は【探し人を見つけにくくなる】である。……運命の悪戯《いたずら》という他なかった。

常に彼の頭の中には、彼女のことがあった。

——どれだけ気を落ち着かせようと。どれだけ体を動かそうと。彼の頭の中から、彼女の存在が消えることなど決してない。ゆえに、

「くそっ、参ったな……今日が一番肝心な時だというのに全然、分からんぞ」

彼は彼女のことを考えながら、そう、悪態をつく。

彼は、現在強く悩んでいた。

彼女——ソーニャという名の少女のことについて。

自身の伴侶と決めた彼女について——


後宮に暗殺者が現れるという重大な事態から、八日が経過した。

そして、その間にも少女の命に関わる事件はというと——残念なことに当然ながら発生する。そしてその度にエルクウェッドが体を張って解決したのだった。

少女が後宮にいた時のように毎日発生しなくて良かった、と彼は思えども、「ああ、結局どれも有り得んほど大変だったなちくしょうめぇ……」と、心の中で悪態を吐きながら少女の部屋に辿《たど》り着《つ》く。

彼の自室から、それほど離れていない距離に彼女の部屋がある。

本来ならば、後宮にあるべきなのだろうが、そうすると万が一の時にすぐさま駆けつけ

ることが出来ない。それに、先日の暗殺者の一件で後宮は立ち入り禁止となっていた。まだ、事件の後処理が完全に終わっていないのだ。明日の早朝、宰相と将軍からのそのことについての報告が予定されている。

彼は自身の伴侶となった少女の部屋を宮廷内に用意していた。その室内は、少女にとって快適な造りになるよう、細心の注意を払った。

彼女が決してストレスを感じないように。彼女が決して危険な目に遭うことが無いように。

改めて身だしなみを整えた後、彼は扉をノックする。今日は、大事な用事があったのだ。

少しして、扉が開かれる。そこには、まだ幼さが残る真面目そうな様子の華奢《きゃしゃ》な青いドレス姿の少女――ソーニャがいた。腰まで届きそうな長い髪を、頭の後ろの方で簡単にまとめており、身だしなみはすでに整え終えているようだ。

十六歳である彼女は、恐ろしく特殊な『祝福』と『呪い』を有している。

それにより、エルクウェッドは何度もループを経験し、今まで数え切れないほどにブチ切れてきたのである。

彼は、少女の姿を確認した後、それが偽者かどうかを改めて判別する。そして、本物だと認識した後、彼はいつものように「よく眠れたか？」と声をかける。

反応の様子から、体調や身体《からだ》の異常が無いか、彼女に死の兆しがないかを探るために。

「おはようございます、皇帝陛下。昨夜もよく眠れました」

「そうか、良かった」

「ですが……」

しかし、その声はどこか不安げだ。

「娘、どうした。何かあるのか？」

見たところ、身体に異常は見られないが、何か別の異常が──

「その……実は少しむずむずしてしまいます。皇帝陛下はしませんか？　死なないままでいると」

「は？　むずむず？」

「はい。たとえるなら、ご飯を食べてしばらくした後に、歯磨きするのを忘れていたことに気づいた時のような──そんな感覚です……」

その言葉に、エルクウェッドは戦慄する。

──こいつぅ！　たとえとはいえ、ついに死ぬことと食後の歯磨きを同列に語りやがったァ……!!。

エルクウェッドは、心の中で「おい嘘《うそ》だろおい、おい。有り得んだろ……？」と呟く。

彼女の言葉が到底信じられなかった。

そして、肝心の少女は、彼の心情に気づくことなく言葉を続ける。

「……このままだと、もしかしたら虫歯になってしまうかもしれないという気持ちなのです、今は」

「……落ち着け、娘。昨日教えたばかりだろうが。一週間以上、死なずに生きても別にどうにもならん。むしろ死んだ方が問題だ」

「あ、そうでした……すみません」

彼は、「大丈夫だ、心配ない。貴様が破裂するなら、すでに全人類が破裂している。安心して生きろ」と、不安がる彼女を必死に諭す。

そして、その後、少女を落ち着かせるため深呼吸をするように促したのだった。

彼女は、素直にそれに従い――なぜか、けほけほと咽《む》せることになる。

エルクウェッドは、それを見て真顔のままびくりと、体を跳ねさせた。

「申し訳っ、ございまっ、せんっ」

「おい、喋《しゃべ》るな喋るなッ。また唾液が気管に入るぞ――」

彼は、慌てて誤嚥《ごえん》した少女を診察する。結果として、問題はなかった。ただ咽せただけだ。

彼は、その事実を認識して心の底から安堵《あんど》する。

そして、彼女が落ち着いた後、話を元に戻した。

「……とにかく、貴様は生きることに慣れろ。何度も言っているが、安易に死のうとするな。昨日の威勢は一体どうした？」

「そう、でした。たとえマンボウに敵《かな》わなくても、いつか蟬《せみ》にだけは一矢報いると決めていたのでした……」

彼は「？？？」と思いながら、「その意気だ」と相槌《あいづち》を打った後、言葉をかける。

「とにかく、娘、そろそろ時間だ。さっさと準備しろ」

彼女の様子を終始観察していたが、いつも通り特に問題はなかった。健康そのものに見える。

なら、今日も大丈夫だろう、と彼は判断して促す。

本日二人には大事な用事があった。

第三者が、その様子を目撃したならば、こう表現しただろう。

——え、何これ……。もしかして、お見合い……？　と。

◇

エルクウェッドが少女と出会って、今日で八日が経過した。

しかし、彼は少女とはまだ一度も腰を据えて話をしたことがなかったのだ。

初日については、完全にそれどころではなかったし、それ以降も急に湧いて出た数々の仕事に加え、死に繋《つな》がる不幸が発生したことで、結果的に言えば、彼は少女とまだ一度も身の上話のようなものをしていなかったのだ。

そのことをエルクウェッドは理解していた。

早急に、どうにかしなければならないとも思っていた。

彼は、少女を幸せにすると誓った。しかし、相手のことを知らなければ、その者の幸せなど分かるわけがないのだから。

そして彼は、本日、何とか約束を取り付けることが出来たのである。

エルクウェッドは、少女と共に新たに用意した一室（※事前に安全確認を入念に行ったため、多分大丈夫！　よし！）にたどり着いた後、互いに向かい合って座る。無論、双方どちらかの自室で話し合うことも出来たが、こういうものはまず場の雰囲気から整えるべきだと彼は考えていたのだった。

現在は、自分と少女の二人っきり。

エルクウェッドは、テーブルに置かれたグラスを少女に差し出す。

「粗茶だ」

みかんジュースであった。

彼は、宮廷の中庭にある果樹園で栽培しているみかんを、今日の朝早くに捥《も》いできたのだ。

「搾りたてだ。味は保証する」

ちなみに搾ったのは、エルクウェッド自身である。

少女は、そのグラスを受け取った後、「いただきます」と、そのまま口にしたのだった。

「……とても、美味《おい》しいです」

「そうか。なら、良かった」

少女が、みかんジュースを口にした途端、驚くようにして、声を上げる。それを見て、エルクウェッドは満足げに頷《うなず》いた。

どうやら、口に合ったらしい。手ずから木の世話をした甲斐《かい》があったというものだ。

そう思いながら、この場の雰囲気が柔らかいものとなったと判断して、彼は少女に言葉をかける。

「貴様とは、まだろくに話してはいなかったからな。改めて話す必要があると思っていた。といっても、畏《かしこ》まる必要ない。これはただの世間話だ」

彼は、そう正直に伝えたのだった。

ここで小細工などをして、ややこしいことになるのは、好ましく無い。こういった時は、誠意を見せるのが、一番確実で話が進みやすいのである。

「そういえば、菓子もある。好きなだけ食え」

彼は、手作りのクッキーを少女に差し出した。テーブルに置かれたバスケットの中からは星やハート、動物や花弁といった様々な形のそれらが、蜂蜜の控えめな甘い香りと共に焼きたての香ばしいかおりを放つ。

「お代わりはいくらでもあるから遠慮はするな」

そう言って、付け合わせ用のみかんジャムも置いたのだった。

とにかく話しやすい場を整えることが、肝心だと考えていた。

そして、まず自分から自己紹介を始める。

彼女とは、改めて一から関係を確実に築いていくべきだと思っていたからだ。

「さて改めて名乗るが、エルクウェッド・リィーリムだ。今は皇帝をやっている。特技や趣味は……無限にあるな。最近は、爆薬の取り扱いについて学んでいる」

相手が気負わないよう、簡単な紹介であった。

そして、視線で彼は、「さあ、次は貴様の番だ」と、少女を促す。

彼女は、エルクウェッドに倣って口を開いた。

「ええと、ソーニャ・フォグランです。今は、『最愛』となりました。特技や趣味は――」

彼女は、少し考える素振りを見せる。

そして、難しそうな表情をした後、口を開いた。

「――死ぬこと、かもしれません」

開幕から一分と経たずして、不穏な空気が漂い始めたのだった。

少女の言葉に、エルクウェッドは瞬きを繰り返すとゆっくりと目頭を押さえる。

——うん……？

彼は、自身の耳を疑った。

気のせいかな？　聞き間違いかな？　と。

彼は、自身が有する記憶を訂正するため、少女に訊《き》き返した。

「すまんが、今何と言った？　貴様の特技と趣味のことだが」

「死ぬこと、です」

「ん？」

「死ぬことです」

少女は、繰り返した。

エルクウェッドは、「うん……？」と、また不思議に思うことになる。

どうやら、自身の聞き間違いではなかったらしい。

「死ぬこと、なのか。特技も趣味も」

「ええと、おそらくそうなるのかな……と」

「なるほど」

そう言われて、エルクウェッドは、初めて少女と出会った時のことを思い出す。

確認しなければならないことがあった。

「貴様、確か後宮入りした際の顔見せの時、趣味は読書で、特技は明日の天気を当てることだと言っていなかったか」

その疑問に、少女は「ええと、それは……」と、答える。

「嘘でした、すみません」

彼女は、謝罪するのだった。

それにより、エルクウェッドは「なるほど、嘘か」と呟《つぶや》く。

「天気を当てることについては、死ぬと時が巻き戻るので、実質毎回的中させられるという意味でした」

「なるほどなあ」

エルクウェッドは、少女の言葉を全て自身の頭の中で噛《か》み締《し》める。

なるほど。

なるほど、なるほど……。

なるほど、なるほど、なるほどなるほどなるほどなるなるなる――

彼は、そう何度も反芻《はんすう》しながら、ゆっくりと椅子を後ろに大きく引く。

その後、座ったままの状態で、椅子をしっかりと両手で持って固定した。そして、

「アァーッ!!」

たのだった。

「皇帝陛下!?」

彼は、突然悲鳴を上げながら、その場で半分座ったような体勢で椅子ごとバク宙を行ったのだった。

「――で、その理由は何だ？」

エルクウェッドは、先程の奇行の後、特に何事もなく真顔で、少女に尋ねた。

対して、少女は困惑しながら、声を上げる。

「皇帝陛下、先程の曲芸は一体……」

「気にするな。それより、理由を教えてくれ。先程、少し考えていただろう？」

彼は、落ち着いた声音で話を続ける。

しかし、その内心は、「は？　え？　は？　嘘《うそ》でしょ？　え？　は？　ぱ？」と、割とパニクっていた。

あえて正気を失ったような行動を取って正気を保つ、という緊急手段を用いるほどに、彼は混乱していたのだ。

特技については、別にまあ分からんことはない。許容は出来る。

けれど、趣味も同じとは一体どういう了見か――

「実は、よくよく考えてみたら、趣味も特技も、特に何も思いつかなかったので……。ですので、誰も経験していなくて一番慣れていることを挙げてみました。すみません……」

そういうことなのだと、彼女は答えるのだった。

「趣味や特技は、おそらく一番その人が打ち込んできたことについて言うのが正しいと思いましたので――なら、死ぬことかな、と……」

ぶっちゃけ何も思いつかなかった。

だから代案として、半生で最もおこなってきたことを挙げたのだと、彼女はそう言うのだった。

死ぬことは、基本的に誰も何度も経験していないし、特技になるだろう、と。

趣味も、何度も死んでいるから、まあそれでいいか、と。

エルクウェッドは、彼女の言葉を聞いて、「そうか……」と、胸を撫《な》で下《お》ろすことになる。

良かった。本当にそう思っているかと思って、ビビり散らしてしまった。

どうやら、自分が思っているよりも彼女には世間一般の『常識』というものがあったらしい。

これは認識を改めなければならないな、と、そう彼は安堵《あんど》しながら、恥じていた時だった。

ふと、思うことになる。

――いや、全然良くないじゃん、と。

「貴様、本当に特技や趣味は無いのか？　特技は……まあ、別にこの際、構わん。だが、趣味くらいはあるだろう？」

そうだ。誰しも、大なり小なり趣味くらいあるはずなのだ。

だから、彼は次に尋ねた。

――休日は、基本的に何をしていたのか、と。

そして、彼女は考えた後、申し訳なさそうに答えた。

「……死んでいました」

彼は、突然椅子に座ったままジャンプして、華麗に空中で横三回転半を決めたのだった。


「――なるほど、な」

エルクウェッドは、再度椅子を正した後、呟く。その表情筋は、小刻みに震えていた。

「悪いが娘。よく……ああ、よおく理解したぞ」

「ええと……その何がでしょうか？　それに先ほどの曲芸もまたどうやって……」

「貴様の境遇についてだ」

彼は、少女が困惑していても構わず、言葉を続ける。正直、それどころではなかったのだ。何しろ、彼は今しがた目の前の少女がこれまでどう生きてきたかについて、察してしまったのだから。あまりの衝撃で、己が先ほど何をしたのかなんて、どうでもいいと思えるほどに。

「たとえばそうだな……貴様、本は好きか？」

「え？　ええと、はい、好きですが……」

「なら、図書館に行った経験は何度ある？　そこでなら好きなだけ本を読めるだろう。それか、貴様の家に書庫はなかったか？　貴族の家なら何も本を置いていないということはおそらくないだろう」

「その……実はあまり。本棚が倒れてきて死んで以来は……」

「なるほどな」

エルクウェッドは、彼女の反応を見て、半ば確信するのだった。

「他に好きなことはあるか？　してみたいと思ったことは？」

「好きなこと……？　してみたいこと、ですか……？」

「そうだ、貴様自身の望みだ。何でもいい。そうだな、貴様、皇都を観光したことは？」

「家族に連れられて一度だけありますが……その時は、私が八歳の時で確か………」

「私が十五歳の時、ああ、つまりあの時か」

彼は「やはり、そうなるか」と呟くのだった。そして、顎に指を当てて、考え込む。

「――娘、貴様を幸せにする方法が分かったかもしれん」

「えっ、そ、そうなのですかっ！？」

「ああ、だが確実ではない。だが、私の考えが誤っていなければ、貴様は今後、ずっと死ぬような目に遭うことはなくなるかもしれんな」

彼女の『呪い』は死に繋《つな》がる不幸が訪れやすくなるもの。ならば、不幸など訪れる暇がないほどに、幸せにすればよいのだと、彼は考えていた。故に、

「試してみるのも一興か」

彼は、少女に言う。

「娘、あえて貴様には私の今の考えを告げん。そうだな、この答え合わせはおそらく二週間後になるだろう」

「分かりました、皇帝陛下がそう仰《おっしゃ》るのでしたら。……けれど、二週間後、ですか……」

彼女の顔は、やや不安に染まる。しかし、エルクウェッドは、自信を持って言った。

「それまでに貴様を死なせるつもりは毛頭ない。無論、今後もそうだ」

彼は、かつて言った言葉を再度彼女に告げる。

「――『全て任せろ』。この言葉についても違《たが》えるつもりは毛頭ない」

そう宣言した後、彼は気分を改めて、「さあ、もっと貴様のことを話してくれ。ちなみに私のマイブームは、一週間に一度は何でもいいから世界新記録を達成することだ」と、会話を続けた。

そのため少女は違う意味で困惑する。

「ええと、ちなみにすでに保有数はいくつあるのでしょうか……？」

「昨日、ちょうど百を超えた。近いうちに団体記録にも挑戦する予定だ。無論、その際は貴様も参加してもらうぞ。失敗しても構わん。また挑戦すればいい。成功した際は、記念パーティーでも開くとするか」

「それは……有り難いことですが……」

「娘、私が今言えることはこの一言だけだ」

次に彼は少女の目をしっかり見て言った。

「今を楽しめ」

と。

◇

話し合いを行った翌日。エルクウェッドの執務室には、二人の人物が訪ねていた。両者とも、欠いてはならないこの国の重鎮である。

彼は、二人に労《ねぎら》いの言葉をかける。

「――ジゼフ宰相、ファムーク将軍、二人とも朝早くによく来てくれた。といってもすまんが、手短に頼みたい。この後は用事が立て込んでいてな。前置きなしで頼む」

「はっ、かしこまりました、陛下。では、私から報告をさせていただきたく思います」

リィーリム皇国軍の兵士のみが身に着けることを許された、国章が胸に刻まれた特注の全身鎧《よろい》をまとった将軍のファムークが、はっきりとした声音で声を上げる。

「先日の一件に関してほとんど調査が終わりました。後宮内に仕掛けられた罠《わな》はほぼ解除済です。また、暗殺者たちの入れ替わりに使われた御令嬢方や兵士、侍女たちも全員無事救出し、今はもう普段通りの日常生活を送っています。ただ、後宮内の隠し通路についてはたとえ図面を入手したとしても、全貌を摑《つか》むのに時間がかかりますゆえ、現在は見つけた出入口を片っ端から塞いでいる状況です」

「隠し通路については、それで構わん。老朽化している上に、今後使う予定もない。いっそ埋めてしまった方が良《よ》いだろう。また悪用されたらたまらんからな。悪いが、次代以降の皇帝には意中の妃《きさき》がいれば、隠し通路など使わずに正々堂々会いにいってもらうことにしよう。私もそうした」

「はっ、かしこまりました、陛下」

「それと後宮の立ち入りが叶《かな》うのは、いつぐらいになりそうだ？」

「おそらく早くても一ヶ月はかかるかと」

「そうか。後宮については、妃選びを終えた以上、今のところ再使用する予定はないが、復旧は早い方が良いだろう」

「かしこまりました。迅速に推し進めます」

「何なら、空いている時間に私も手伝うぞ。これでも土木工事に従事した経験が何度かある。作業員でも現場監督でも、言ってくれればその役目をそれなりに担えると思うが？」

そのように提案された将軍は「ガシャン！」と大きく甲冑《かっちゅう》を鳴らした。そして、やや震える声で告げる。

「……それは、御遠慮願いたく」

「そうか、気が向いたら言ってくれ。ああ、それとあの刺客共の尋問は？」

「はい、終えております。証言は全てそちらの報告書の該当頁《ページ》にまとめてありますので、どうぞご確認ください」

「そうか、御苦労だった。今日中に目を通しておく。宰相、貴様は目を通したか？」

「はい、もちろんでございます、皇帝陛下」

エルクウェッドの言葉に歳《とし》の割に白髪もなく艶々でフサフサな髪をした宰相のジゼフが恭しく頷《うなず》く。

「やはり、西の平原大国が絡んでおるようですな。暗殺者を雇い、リィーリム皇国の複数の貴族を唆《そそのか》したようです」

「ああ、奴ら暗殺だけでなく、懐柔もできるのだったな。確かに私を殺しにきた奴の中には、暗殺者以外の者も交じっていた。まったく、どこから調達してきたのやら。多才だな、あの者たちは。流石《さすが》はかつて大陸で最も恐れられていた暗殺者集団だけのことはある」

「……おそらくでございますが、多才さならば、皇帝陛下も負けてはおりませんよ」

その言葉にエルクウェッドは「？ そうか」と、よく分かっていないような様子で相槌《あいづち》を打つ。

「いきなり褒めるな、宰相。とりあえず禿《は》げておくか？」

「いいえ。わたくしの毛根が『生きたいィィ!!』と叫んでおりますゆえ、申し訳ありませんが、御遠慮させていただきたく思います、皇帝陛下」

宰相は真顔のまま、「唆された貴族は、皆、皇帝陛下に叛意《はんい》を抱いている者だったようです」と話を続ける。

「どうやら自身が利用されたと気付いていなかった様子。現在、必死に弁明する者、沈黙を保つ者、開き直る者など、三者三様の反応を見せております。それと、西の平原大国については今のところ、動きが見られません。迅速に会談の場を設けるように圧力をかけましたので、近いうちに相応の反応があると思うのですが」

「なるほど、対応は任せる。貴様の好きなようにしろ」

彼は以前言ったとおりだ、と宰相に告げる。

「強引に事を進める必要があれば、私や将軍を使っても構わん。事態の完全な収拾が急務だ。出ろというのなら、いくらでも顔を出してやる。将軍も構わんな？」

「もちろんでございます。我が兵も協力を一切惜しみませぬ、ジゼフ宰相閣下」

エルクウェッドの言葉に将軍は即座に敬礼する。対して宰相も顔を綻ばせた。

「感謝いたします。とても心強く思います、ファムーク将軍。場合によっては国内貴族たちに対してお力添えいただく機会があるやもしれませんので、その際はお声をかけさせていただきたく思います。無論、本当ならば荒事は避けたいところですが……」

「お気持ちは確かに。実にままならぬものですな」

「ええ、まったくでございます」

二人はため息を吐く。そして、その後、宰相はエルクウェッドに「では、私からもご報告をば」と、声をかける。

「先日の一件は、事態の大きさからして、そのまま伏せておくことは難しく、早々に国内外に公表いたしましたところ、結果として、いくつかの近隣諸国からは感謝状と共に支援金の援助の表明がありました」

「随分反応が早いな。有り難いことだ。しかし、感謝状だと？」

「はい、どうやら皇帝陛下を襲撃した暗殺者たちには多額の懸賞金がかけられていたようです」

「……ああ、なるほど。奴らの被害にあった国からか」

エルクウェッドは納得する。そして以前、自身を襲った『一家』と呼ばれる暗殺者集団の長が、他国の要人に化けていたことを思い出したのだった。

「あの暗殺者共に恨みを持っていた者は、さぞかし多かろうな」

「送られてきた書状の大半が、『一家』を壊滅に追いやった皇帝陛下は、我々の恩人である、という旨の内容でございましたね」

宰相につられて将軍も「そういえば」と声を上げる。

「皇都でも、現在『陛下、もはや究極生命体と化す』と、民衆の間でひどく盛り上がっていると多数の兵士たちから報告を受けております。吟遊詩人がこぞって歌っているようですし、いずれは地方部にも広まるでしょうな」

二人の言葉に、彼は苦々しい表情を見せた。

「……国内外問わず英雄扱いか。素直に喜び辛《づら》いものだな」

どうやら、後宮で妃選びをしていたエルクウェッドが大立ち回りして再度暗殺者を退けたと、周囲では大きな話題になっているらしい。

「確か、詳細な内容は公表していなかったはずだろう。事態はある程度収拾に向かい、目下原因を調査中とだけ公表したと聞いているが」

「その通りです。しかし、陛下の過去の実績から鑑みて……まあ、仕方のないことでありますな」

将軍の言葉に「いやまあ、あながち間違ってはいないんだが……」と彼は唸《うな》ることになるのだった。

彼が賞賛の声を快く思えないのには理由がある。何せ暗殺者を後宮内に侵入させてしまったのは、まごうことなく国の失態なのだ。しかし、自身の武勇伝によって、結果的にそこから目を逸《そ》らさせることとなってしまった。ゆえに、手放しでは喜べなかったのだ。

「一応、聞いておく。これは貴様の策か、宰相？」

「いいえ、皇帝陛下の人徳の賜物《たまもの》でございましょう」

宰相は首を横に振り、穏やかな笑みと共にそう断言した。そのため彼は「……そうか」と、ため息を吐く。

「どうやら、私は今までの自分に救われたようだな」

今回で自身の評判がある程度下がるだろうとは考えていたが、予想外なことにそうはならなかった。無論、今のところは、だが。

「現状、宰相の仕事を一つ減らせていると、前向きに捉えることとしよう」

ストレスで宰相を禿げさせる可能性が減った。つまり、この手で奴を禿げさせる機会が増したのだと考えながら、彼は指示を出す。

「将軍は、先日の事件の後始末を進めながら、『婚姻式典』の警備の準備を併せて進めてくれ。予定は知っていると思うが、最短でも二ヶ月ほどになるだろう。時間があまりなくて悪いが、先日のようにはなってくれるなよ？」

将軍は「はっ、かしこまりました！」と即座に敬礼を行う。

「今度こそ誠心誠意、我々が非の打ちどころなく務めさせていただきます！」

「期待している。それと宰相。先ほど言ったとおり貴様は、貴様で事を進めろ。各貴族の動向も把握しておけ。私に押し掛けてくる輩《やから》が現れるかもしれん」

「かしこまりました。今のところ、最も可能性が高いのは……『皇神《こうじん》教信者』と『ツィクシュ公爵』でしょうか」

「間違いないな。前者はおそらく話が通じないため、面倒なことこの上ない。後者は……こちらもある意味、面倒ではあるな。奴には悪いが、話していると疲れてくる。娘についても同様だ」

「ツィクシュ公爵……彼は間違いなく忠義者ではありますが……何とも言い難《にく》いものでございますね。決して悪い御方ではないのですが……」

エルクウェッドは「まあな」と頷いたのだった。

「よし、とりあえず話はこれくらいだろう。他にないなら——ああ、そうだ」

二人からの報告は聞き終わった。そのため、退室を促そうとした時、ふとエルクウェッドはあることを思い出したのだった。

「実は二人に訊《き》こうと思っていたことがあってな」

「？　どのようなことでしょうか、陛下」

「では、先に将軍に訊くとするか」

彼は視線を向けて言った。

それは他者にとっては、実に他愛のないもの。しかし、彼にとっては現在最も重要なものの一つであった。

「何でも構わん。貴様は、どのような時に——『幸せ』というものを感じる？」

自分にとって、幸せとは何か。

そのようなことを将軍に向かって不意に尋ねたのである。

「おや、それはなかなかに、突然でございますね」

「いや、実は昨日から周囲の者に聞いて回っていてな。少しばかり、他人の考えを参考にしたいと思っている」

宰相は「なるほど？」と不思議そうな顔を見せた。

「いわゆるマリッジブルーというものでしょうか？」

「ああ、いや、そうだな……まあ、近からず遠からず、といったところか。伴侶を得ることについて不安を持っているわけではない。いや、ある意味、不安ではあるが」

「ほう？」

将軍も首を傾《かし》げながらも、少しして答える。

「そうですね、仕事終わりに——この鎧《よろい》を脱ぐ時でしょうか」

それが彼の答えであった。

「……そうなのか？」

「はい、鎧を着ていると、気が引き締まりはしますが、正直気疲れもしてしまいますので」

「なるほどな」

エルクウェッドは、頷いた。

そもそも、将軍が全身鎧を常に着用しているのは、彼の『呪い』が原因だった。

——【仕事中は常にお肌がしわくちゃ】。

それにより、彼は仕事中人前で素顔を晒《さら》すことは今まで一度たりともないのである。

いや、もしかして昔はあったのかもしれない。けれど、エルクウェッドの記憶の中には、一度も無かった。

なので、彼は目の前の将軍に問いかける。

「そういえば、今まで一度も聞いたことが無かったな。貴様は仕事中、やはり素顔を晒すのが嫌なのか？」

対して、将軍は「難しいところでございますね」と、口籠るようにして答えた。

「自分としては、実は特に気にしてはいないのですよ」

「何と、そうなのか」

「はい。鏡で見慣れておりますし、たとえるなら萎《しお》れたリンゴの妖精と干しブドウの妖精が、拳を交わして互いの顔をさらにしわくちゃにした後でその二体が突然融合を果たしたようなしわくちゃ具合なだけなのですからね」

「いや、そのたとえはいつ聞いてもよく分からんが……」

将軍は、「ただ――」と、言葉を続ける。

「昔、何度か部下が私の顔を見て、気絶したことがありました。暗い場所で私の顔を見ると、殺人的な怖さらしいので」

「ああ、そういえばそうだったな……確か、尋問にも用いていたそうだな」

「はい。実際試しに、暗い場所で鏡を見て自分の顔に悲鳴を上げてしまったので――十分使えるな、と」

「強いな、貴様……」

「……ええ、同感でございます」

間違いなく、メンタルが。

エルクウェッドと宰相は、感心するのだった。

だから、いつしか鎧を身にまとうようになったのだろう。

そう考えていると、

「それで、こうして常に全身鎧を着用するようになった次第なのですが、まあ、それらとはあまり関係なく、昔、愛する妻に『ずっと素顔を隠していたら、なんだかミステリアスな雰囲気が出て、部下の士気が上がりそう』と言われたからでございます。実際、士気が目に見えて上がったので、『じゃあ、いっか』となりました」

彼は「それだけなのです」と、真面目な口調でそう言ったのだった。

対してエルクウェッドは、「いや、……何だそれは。雑すぎるだろう。確かに軍の規則には違反していないが……」と、困惑してしまう。

常に真面目だと思っていた将軍の割とテキトーな部分をここで垣間見《かいまみ》てしまい、何だか複雑な気持ちになってしまうのだった。

「以前にお聞きしたことのあるお話ではありますが、やはり何度聞いても興味深いお話でございますね」

「いえいえ、別に大した話ではありませんよ。それよりもジゼフ宰相閣下はどうなのですか？」

将軍の問いかけに、宰相は答える。

「わたくしの場合、それは『真のおもしれー女』と出会う時でございますね――」

「何？――『真のおもしれー女』、だと……？」

宰相が、何だかよく分からないことを言い出した。ちょっと想定外だ。

エルクウェッドは困惑しながら、内心冷や汗を流す。

「はい。お二方もご存じの通り、私は『呪い』によって常に初対面の異性に対して『おもしれー女』と声をかけておりますが、しかし、これは大変失礼な物言いでございましょう。本来ならば、絶対に口にしてはならない言葉なのです。ですが――」

宰相は、何かを思い出したように、微笑《ほほえ》むのだった。

「時折、わたくしがかけたその言葉に、とてもぴったりな女性が現れることがあるのです。わたくしが、心の底から、純粋に『……ああ、このお方は、本当におもしれー女なのですね』と、そう思える女性が……」

そのような人物こそが、どうやら宰相の言う『真のおもしれー女』であるらしい。

「宮殿勤めを始めて、長い年月が経《た》ちました。その中で、わたくしは、他者を見る目を養うことが出来たようなのです。今では、初対面の女性に『おもしれー女』と声をかけるたびに、その女性が一体どのようなお方なのか、何となくですが、分かるようになりました。当然ですが、このような失礼なことを初対面の方に対して本気で思ったことはございません。ですが、時折、言葉を交わしていると、本当に――本当に、ふと、そう自然に思ってしまうことがあるのです」

エルクウェッドは、……そうなのか、ちょっとこわっ、と思いながら相槌《あいづち》を打つ。

「それで、貴様はそのような相手に会うたびに、幸せを感じる、と」

「……なるほど、そのお話は初めてお聞きしましたな」

「はい。わたくしも今回初めてお二方にお話しさせていただいておりますね」

宰相の口ぶりは、どこか嬉《うれ》しそうなものであった。胸の内に秘めた思いを他者と共有することが出来たからだろうか。

「もしも、そのようなお方と出会えましたら、経験上、本当に人生がとても楽しく感じられるのです」

「たとえば、誰だ？　その『真のおもしれー女』は」

「皇帝陛下がお会いになった方では、私が選奨した妃《きさき》の方たちが、そうでございますね」

その言葉に、エルクウェッドは、驚くことになる。

「あの者たちだったか……」

「――退屈はしなかったでしょう？」

宰相の言葉に、エルクウェッドは頷《うなず》くしかない。

確かに、退屈はしなかった。

何せ、自分が接した妃たちの中には、本当に何人もおもしれー妃たちがいたのだから。

一番目の妃は、確かにおもしれーし、二十五番目の妃も、わけが分からないくらいおもしれー存在だった。そして、ある意味では五十番目の妃の少女も――

「皇帝陛下には、是非とも豊かな人生をお送りいただきたく思っております。そして、その手助けが出来たというのなら、この老骨の冥利に尽きますね」

彼は、そうエルクウェッドに優しく語りかける。

そして、だからこそ、と言葉を付け加える。

「当然皇帝陛下も、またその『真のおもしれー女』の方々に、応えなければなりませんよ？　いつか必ず、彼女たちから『おもしれー野郎』だと、そう思われるように努力しなければなりません。彼女たちに、人生を豊かにしてもらったのなら、そのお返しをしなければなりませんからね」

「なるほど、私が、おもしれー野郎になる、か……」

「はい。わたくしも常々、そのことについて自問自答する毎日でございます。たとえば、ファムーク将軍もわたくしから見れば、なかなかにおもしれー野郎でございますよ。奥方様もそう思われているのではないですか？」

「まあ、確かに夫婦仲は何一つ悪くはありませぬが……」

「では、お互いにおもしれー存在だと思っているということでございましょうね」

「そういうものなのですかな……」

宰相は「はい、そうでございます」と力強く頷いたのだった。将軍もむうと唸《うな》るのみであるため、どうやら思い当たる節はあるらしい。

「時にお二方は、私の昔のことについて聞いたことがありますか？　わたくしが、一目惚《ひとめぼ》れした女性に対して、悩んだ末に『おもしれー女』と言うことになったというようなお話でございますが」

「ああ、それはあるぞ」

「ええ、もちろんです」

「そのお話、実は少しばかり実際のものとは、異なっているのです。そして、そのお話には続きがあります――」

宰相は、懐かしさを覚えるような表情で、語り出した。

「私は、当時、即決したのです。『あなたのためならば、今すぐにツルツルになります。どうか見ていてください』、と。ですが、お相手の方は、こう仰《おっしゃ》りました。『え？ いえ、その、私、ツルツルはちょっと……』と――」

どうやら、宰相が一目惚れした相手としては、ツルツルは別にタイプではなかったらしい。

だから、彼は、次に『おもしれー女』と言うしかなかったのだ。歯を食いしばり、号泣しながら。

「その後は、どうなった？」

「そうですね、告白しましたが『え？ その、私、初対面の人に対して、おもしれー女と言う人はちょっと……』と、断られてしまいました」

もう、完全に詰んでいた。どうあっても無理じゃん。可哀想《かわいそう》。

エルクウェッドは、宰相に同情することになる。

「そうか、それは悲しい体験だったな……」

「いいえ、当然の結果でございますよ。客観的に見れば、知らない男が突然、『今から禿《は》げるので、そのところを見ていて欲しい』と言った上で、告白してきたのですから。彼女からしてみれば、恐怖以外の何物でもありません。大声で助けを呼ばれなかっただけ、良かったと思います」

確かに、そうだ。どう考えても不審者である。

しかもある意味、露出する類の。

エルクウェッドは、そう思いながら、続きを促す。

「その女性とは、それっきりなのか？」

「いいえ、どのような星の巡り合わせかは分かりませんが、その翌日から彼女は宮殿にて侍女として働き始めました。そのため、何度も言葉を交わす機会がありまして……そうですね、気がつけば——今では、わたくしの妻として、家庭を支えております」

「何？　結婚したのか……？」

「ああ、あの奥方がそうなのですか。なるほど……」

それは、めでたいことだ。

エルクウェッド、思わず「良かったな」と、祝福してしまう。

「良《よ》い話だった」

「ありがとうございます。結果的に、わたくしにとって、彼女こそが、最も人生でおもしれー女でございました。彼女に恩を返すために、わたくしはいつもおもしれー野郎でい続けようと、そう思っている次第なのでございます。――そして、皇帝陛下にとっても、ソーニャ様が最もおもしれー女となっていただけることを、わたくしは心より願っておりますよ」

宰相は、そう、優しげな微笑を浮かべる。

それを見て、エルクウェッドは「なるほど」と思うことになる。

どうやら、今の自分にとって宰相である彼こそが、「真のおもしれー野郎」であるらしい、と――そう、彼は強く納得することになるのだった。

◇

「おい娘、生きているな?」

午前九時過ぎ。仕事の用事を終えたであろう彼が、いつものように私の自室に入室すると、そう声をかけてくる。なので、私も返事をする。

「はい、おはようございます、皇帝陛下。特に問題はありません」

「そうか。無事で何よりだ。それと昨夜は眠れたか？」

「はい、ぐっすり眠れました」

「なら、いい。睡眠は可能な限り怠るなよ。もしも必要なら、眠りたいときに子守り歌をうたってやるが？」

「え、いやそれはちょっと……」

「安心しろ、私の子守り歌を聞いて三分以内に寝なかった子供はいなかった。貴様も即夢送りにしてやる」

「そ、そうなのですか……ぇぇ……」

皇帝陛下と私は、そんな他愛のない会話を交わしながら、頑丈で簡素なつくりの椅子とテーブルに向かう。そして、お互いに腰かけた。

「そういえば、今朝のお仕事はもうお済みになったのでしょうか？」

「無論だ。ああ、一応、貴様にも話しておくか。当事者ではあるからな」

そして彼は、私に先日の事件について律儀に教えてくれたのだった。

「――ということだ」

「なるほど、そうだったのですね。教えていただきありがとうございます、皇帝陛下」

私はお礼を言う。暗殺者たちに捕らえられた人々が皆無事であったということを知れて、本当に良かったと思う。

「そういえば私は、本当なら後宮でそのまま暮らすことになっていたのでしょうか」

「歴代の皇妃の事例だと、半々といったところだな。別にどちらでも構わん。高位貴族の娘ならば、後宮に実家の侍女を呼び寄せることもあれば、選ばれなかった妃たちを侍女として雇うことも珍しくないが、白菊帝宮で暮らすことを選択する皇妃もいる。私の母と曾祖母がそうだったな」

「そうなのですね」

まあ、私にはその選択肢は最初から一つしかないのだけれど。何せ、私が後宮にずっといることになってしまえば、多分毎日ループに逆戻りとなってしまうだろうし……。きっと彼は、それを望まないはずだ。

「後宮も出来れば早々に復旧したいところだな。別に私の代では使う予定はないが、国内外に示しがつかん」

「そういうものなのでしょうか……？」

「少しでも余裕がないと思われれば、西の平原大国以外の国々にも付け込まれる恐れがある。わざわざ不要な争いの種をまく必要はない。たとえるなら、貴族邸の庭にある納屋に穴があいていて、それがいつまで経《た》っても直っていなかったら、『忍び入りやすそうな家だな』と思わないか？　貴様が盗人《ぬすっと》の場合だとな」

「えっ、う、うーん、そう、ですね……いえ、大変申しわけありません、皇帝陛下。私にとっては少しばかり理解が難しいお話に思えます……」

正直に答えると、彼は「それで構わん。これから一つずつ学んでいけばいいだけだ」と何事もなく言うのだった。

「昨日も言ったが、『今を楽しめ』、だ」

「それも、少し難しく思えます……」

彼は、「それも構わん」と微笑《ほほえ》む。そして、懐から懐中時計を取り出す。

「時間だな。そろそろ行くか」

「はい、分かりました」

彼が立ち上がったため、私もそれに続く。

今日、私がおこなうべき用事は二つあった。

考え事をしながら廊下に二人で出ると、そこには大勢の護衛の兵士たちや世話役の侍女が控えていた。そしてその中には驚くほどに長身の侍女もいて、帯剣した兵士たちよりも強い存在感を放っている。

「皇帝陛下、あの侍女の方は」

「ん？　ああ、まあな」

何一つ気にしている様子がない彼を見て、私も「そ、そうですか」と、見て見ぬふりをするしかない。

あの長身の女性、もしかして……いやでも、凄《すご》い美人だしなあ……私の勘違いなのかも……？

「それでは今から、私の父——前皇帝の元へ向かう。貴様ら、改めて道中は頼むぞ」

「はっ！　お任せください、皇帝陛下！　何人たりともお二人には近づけさせません！」

彼と兵士の声で思考が中断される。そう、私は今から彼の父であり、先代皇帝であるケヴィス・リィーリム様に会いにいくこととなっていたのだった。

宰相様の次は、前皇帝陛下というわけである。そして、

「昼食をとったその後は、妃《きさき》教育を行うために多目的ホールに向かう。良いな？」

兵士たちが、「はっ！　かしこまりました！」と声を上げ、私も頷《うなず》いて彼に理解したことをはっきり伝える。

あの魔境と化した後宮から脱出して、九日目。私は、皇妃としての道のりを着実に進んでいた。皇妃となることを決心した以上、この先精一杯、頑張らねばならない。

私は気を引きしめて、皇帝陛下たちと共に廊下を進む。前皇帝と対面するために用意された部屋は私と皇帝陛下の自室から離れているため、ある程度歩く必要がある。幸い、まだ朝であるため、廊下に人はほとんどおらず、私が死ぬことになりそうな危険なことも起こることは無かった。

そして無事に目的の部屋の近くまでたどり着くと、その扉の前にどこか嬉《うれ》しそうな様子で厳《いか》めしい顔つきの壮年の男性が立っているのが見えた。私たちと同じ護衛の兵士たちに囲まれており、その豪華ながらも上品な意匠を施された装いから、前皇帝本人であることが窺える。彼は、私たちの姿を見るなり、「おお！　よくぞ来た！」と大声を上げるのだった。

皇帝陛下が落ち着いた声音でそれに応える。

「父上、本日もお元気そうで何よりです。……しかしなぜ談話室の中でなく廊下に居られるのですか？」

「エルクウェッドよ、何を言っておる！　実の息子が、伴侶となる妃を連れてきたのだぞ！　じっとしておられるものか！　早くこっちに来て、よく顔を見せんか！」

「……分かりましたので、廊下ではあまり騒がないでください」

上機嫌な前皇帝に対して、皇帝陛下は少し困ったような声音で注意する。

「……いつもは、それなりに落ち着いてはいるのだがな。まあ、いい。娘、とにかく私の父との顔合わせだ。以前から何度も言っているが気負う必要はない。父は強面《こわもて》だがあの通り、陽気な性格をしている。正直に言ってかなりノリが良い部類だろう。まあ、気楽に会話を楽しめ」

「は、はい」

そして私と皇帝陛下は、前皇帝の後に続いて入室する。室内にて、前皇帝は諸手《もろて》を挙げて私たちを歓迎したのだった。

「いやしかし、本当によく来たな！　おおっ！　君がソーニャちゃんか！　ワシは、こいつの父のケヴィスだ。よろしくな」

「あ、はい、初めまして、この度皇妃となりますソーニャ・フォグランです。よろしくお願いいたします、先代皇帝陛下……」

「ははははッ、御義父様《とうさま》と呼んでくれて構わんぞ！　しかし、実に目出度《めでた》いな。あのエルクウェッドが『噂《うわさ》』通りこんなにも可愛《かわい》らしい娘を伴侶に選ぶとは思わなかったぞ」

「父上、それは……、いえ、そうです噂通りの人間でしたね、私は。ハッ、ははは……」

なぜか途中で言い直した後、真顔で笑い声をあげる皇帝陛下。一体どうしたというのだろう。

前皇帝が満面の笑みのまま「まあ、いい。とりあえず座って話そう」と、私たちに促す。着席すると、彼は言葉を投げかけたのだった。

「そういえばエルクウェッドよ、ワシとしてはこうして気楽に話せるほうが良いと思うが、別に玉座の間で対面すればよかったのではないか？　代々のしきたりではそうなっていたであろう？」

「ええ、そうです。しかし、今回は事情がありましてね」

皇帝陛下が、こちらに視線を移す。そう、しきたりでは私と皇帝陛下は、玉座の間で前皇帝と話し合うこととなっていた。しかし、その場合、皇帝陛下の家臣たちや大勢の貴族たちの前となるので私が死ぬリスクが跳ね上がるのでは？　というか、まだ礼儀作法をちゃんと学んでいないのに大勢の貴族の前に出るのは時期尚早では？　と考えて変更となったのである。

「古くからの慣例を軽視しているつもりはありませんが、状況に応じて対応すべきだと判断しました」

「まあ分からんでもない。お前が『最愛』に決めたのは『五十番目の妃』のソーニャちゃんだからな」

歴代の皇帝は、基本的に上位の妃を『最愛』に決めていたという。故に、私のような最下位の妃が選ばれたことはおそらく一度もないようだった。

「お前なりの考えがあるのであれば、ワシとしても構わん。それに隠居の身である以上、強く言えんからな。好きなようにやれ、エルクウェッド。今の皇帝はお前だ」

「――はい」

二人のその会話は、紛《まご》うことなき為政者と元為政者としての会話であった。そして、その後すぐに前皇帝がテーブルに身を乗り出さん勢いで、私たちに質問してくる。

「それはさておき、是非とも二人の馴初《なれそ》めを聞かせてくれんか？　ソーニャちゃんは、こいつのどこに惚《ほ》れたのだ？　エルクウェッドはな、噂では七歳下しかタイプではないという話であったが、今まで浮いた話は一切なかった上に、何事も常人離れしていたせいで一部の同年代の貴族の娘らから怖がられていてな。いやまあ、時折異性と行動を共にすることがあったといえばあったのだが、それでようやくこいつに春が来たかと思えば、いきなり謎のエスニックダンスの大会で無双し始めたり、あるいはプロ顔負けの菓子を作り始めたり、他だと劇場で白鳥のように優雅に舞い始めたりと……こちらの想《おも》いを裏切られた経験しかない。とにかくどのような異性であっても優れた技術を持った師としか見ておらんかったようなのだ。こいつ、もしかして他人のことを言葉を話すだけの動物かなにかだとしか思っておらんのか……？　と、最近は心配になっていたのだがな――」

「そ、そうなのですね……」

何か前皇帝からめちゃくちゃ誤解されている気がする、皇帝陛下……。

おそらく私のループに巻き込まれたせいで、彼は風評被害を受けているように思えた。

ああ、私が無意識に犯した罪がどんどん増えていく……。本当にごめんなさい、皇帝陛下……。

心の中で深く謝罪していると、皇帝陛下も訂正のために声を上げた。

「父上、申し訳ありませんが後で釈明の時間をください。一時間ほどあれば、全て誤解であったと理解してもらえるはずです」

「なんだ、ワシとしてはお前がどのような奴であっても一向にかまわんぞ。こうしてソーニャちゃんを連れてきてくれたのだからな。一時期は、お前が突然無限に分裂を始めて、そのコピー体の一人を指差して『父上、これが新たな世継ぎです』と言う悪夢を何度みたことか……」

「……いえ、流石《さすが》に分裂までは出来ませんよ。これでもれっきとした人間です。可能なのは有性生殖のみです」

「いやお前、以前、皇都で行われた奇術ショーでは細切れにされた後、十人に分裂しただろうが！　騙《だま》されんぞ！」

「確かにそうでしたが、あれは……ただの手品ですから。きちんと種も仕掛けもありますので」

言い争うように言葉を交わす二人。そして、唐突に前皇帝が私に話を振ってくる。

「ソーニャちゃん！　おそらく、こいつと一緒にいると、いつか『本当に自分と同じ人間か、こいつ？』と思う時がくるだろう！　だが、そう思ったとしても諦めずにこいつのことを支えてやって欲しい！　決して悪い奴ではないからな。親であるワシが保証する！」

「え？　あ、はい、分かりました」

「それと時折、ふらりとどこかに行っては、謎の技術を習得して帰ってきたりするが、それはまあ気にするな！　こいつの趣味のようなものだ」

「え、あ、それは……その……」

前皇帝陛下、それ、私のせいなんです……。

罪悪感に苛《さいな》まれていると、フォローするようにして皇帝陛下が前皇帝に声をかける。

「父上、あまり此奴《こやつ》を困らせないでいただきたい。ストレスで死んでしまいます」

「お前こそ自分の伴侶をウサギかモモンガみたいに扱うな。……お前、まさか本当に他人のことを……」

「いいえ、誤解です、父上。今のは失言でした」

まずい。私のせいで皇帝陛下に対する風評被害が更に大きくなっていく。

「ええと、その、皇帝陛下のことカッコいいと思いましたっ。急に変な声上げるところとか！」

何とかこれ以上、彼にダメージがいかないように私も積極的に会話に交ざろうと努力する。でも、焦って駄目なことを言ってしまった気がする。

「おお、そうかそうか。それは多分親のワシでも知らん類のやつだな。そして、ソーニャちゃんは、そのことを知っているほどの仲というわけか」

あ、間違いなく藪蛇《やぶへび》だこれ。

「エルクウェッドと出会ったのはいつ頃だ？　もしや、昔からの仲なのか？」

楽しそうにしながら、前皇帝が尋ねてくる。どうしようかと、私と皇帝陛下は顔を見合わせた。そして、彼が先に言う。

「父上、大体一ヶ月前です」

「おお、やはり昔からの――は？」

皇帝陛下が正直に言ったことで、前皇帝が固まった。そして、その後事実確認を求めるように、ゆっくりと私の方に顔を向けてくる。なので、私としても正直に答える他ない。

「はい、一ヶ月前くらいからです」

私としては、その認識である。皇帝陛下としては、おそらく十一年前から私のことを認識していたのだと思うけれど。

そして、私たちの返答に対して、当然ながら前皇帝は驚愕《きょうがく》していたのだった。そして、少しした後、絞り出すようにして言う。

「お前たち、それはさすがにスピーディーすぎるだろう……」

……ええ、まあ、そうですね……はい。

基本的に『最愛』が決まるのに二、三年かかるらしい。そして今回は約一ヶ月。その通りすぎて返す言葉もなかったのだった。

その後も、前皇帝との会話は続いた。当然ながら私と皇帝陛下の関係性に不安を抱かれていたのだが、最終的に二人で前皇帝を何とか説得したのだった。

「――ええい、なるほど！　つまり、お前たちはラブラブのアツアツということで間違いないんだな！　完全に理解したわ!!」

そう納得してもらった。いや、本当のところは別にラブラブでもアツアツでもないのだけれど……。

しかし、そう思ってもらった方が、この先行動を共にしやすいかもしれない。

私と彼は「そうです！　共に地獄に落ちることを決めた仲です！」と肯定することになったのだった。

「あとは、そうだなソーニャちゃん、今後エルクウェッドに泣かされるようなことがあったら遠慮なく言ってくれ。非合法的な手段でワシがこいつを泣かす」

「あ、ありがとうございます……？」

いやでも、非合法な手段はちょっと……。

「合法的な手段では、おそらくワシはこいつには勝てんからな！」

前皇帝が笑う。けれど、一緒に笑って良いのかどうか私には分からなかったのだった……。

――そして、そんなこんなで時間はあっという間に経過し、お昼前となる。

そのため、今日はお開きとなった。よって私たちは、前皇帝から別れを惜しまれながら部屋を後にした。

「──前皇帝陛下、とても良《よ》い御方でした」

「そうか、それは良かった」

道中、護衛の兵士たちに囲まれながら、私は彼の隣でぽつりと呟《つぶや》く。

「それに、予想よりもとてもにぎやかな御方だとも思いました」

「いつももう少し落ち着いているのだがな。まあ、たまには良いだろう」

そして彼は私に前皇帝のことについて話す。

「皇帝時代の父は、裏表のない性格で強面《こわもて》の割にはどこか愛嬌《あいきょう》があり、堅実な政治をする人間だという評価を多くの他者から受けていた。息子である私から見ても、そのとおりだと思える、実に竹を割ったような人物だった」

彼の口ぶりは、どこか嬉《うれ》しそうな感じであった。

「ちなみに父の『祝福』は【駄洒落《だじゃれ》を言うと、二分の一の確率で恐ろしくウケる】で、『呪い』は【駄洒落を言うと、二分の一の確率で有り得ないほどにスベる】だ。退位記念イベントの『三十日後に退位する皇帝の一日限定駄洒落耐久大会』の際は、多くの者に笑顔と絶望を絶え間なく与え続け、色々な意味で好評だった。実は私も前座として参加していてな。存外、有名だから貴様も知っているかもしれんが」

「はい、それは聞いたことがあると思います。皇帝陛下が、真顔で駄洒落を披露してわりかしおウケあそばしたとか……それとその……お二人は、仲がよろしいですね」

彼の話を聞いているうちに、思わずそうぽつりと呟いてしまう。

「？　まあ、悪くはないだろうな。一般的な親子関係とは言い難《にく》いが」

「そう、ですか……」

何の迷いもなく答える彼が私には、少し羨ましく思えた。

私は、『呪い』によって自分の家族とは距離を置いている。そのことを思い出して、気持ちが落ち込む自分がいる。彼のことを見て憧れてしまっていたのだった。

「――なんだ貴様、もしや家族とは上手《うま》くいっていないのか？」

どうやら私の様子を察したらしい。気遣ってくれるように優し気に呟く。

「娘、私は先ほどの通り、実の親から人間扱いされていない。だが、まああのような感じでなんだかんだいって上手いことやれている。貴様も、もしかしたら一歩踏み出せば、案外なるようになるかもしれんぞ」

「……そう、でしょうか」

「ああ。それにもしも、失敗したなら私がいくらでもフォローしてやる。困ったことがあったらいくらでも相談しろ」

「……ありがとうございます、皇帝陛下」

そう言われて、私の心が軽くなった気がする。その後、彼にぽつりと打ち明けた。

「手紙、実はまだ一度しか出していないんです。毎週送るって、こちらに来る前に約束したのですけど」

後宮に来てからというもの毎日のように死んでいた。今まで何か書こうとしても、大抵そのことばかりが頭の中に浮かんできて、到底手紙として送ることが出来るような内容にはならなかったのだ。

「そうか。基本的に手紙は、楽しかったことや驚いたこと、自分が新鮮だと思ったことを書けば、筆が乗ってくることが多い。手紙を送る相手と共有したいと思える出来事が何かなかったか、そういったことをじっくり思い出してみるといい。最悪何も思い付きそうに無いのなら、そうだな……まあ、私のことでも書いておいてくれ。頼まれたら、いくらでも話のネタになってやるぞ」

「ありがとうございます。そうですね、思い出しながら何か書いてみます」

確かに、皇帝陛下についてならいくらでも書けそうな気がしてきた。彼と共に行動した時のこと思い出す。彼のおかげで驚いたことや新鮮だと思えることが沢山あった気がする。それにこうして『最愛』に選ばれたことだって、きちんと書くべきだ。そう考えてみると書くことがいっぱいあるのではないか。おそらくなにもかも全てを書こうとしたら、一杯時間がかかってしまいそうだ。

そう思うと何だか無性に楽しみな気持ちになってくるのだった。

「ありがとうございます、皇帝陛下。私──」

彼に声をかけたその時、離れた場所からの大声によって私の言葉は遮られることとなる。

「──陛下！　陛下ッ!!」

私たちの足が止まる。皇帝陛下が、わずかに眉をひそめた。

一体何が。そう思って、振り返ろうとした時、彼の手が私の肩に置かれる。

そして彼は、小声で私に言った。──「振り向くな」と。

「陛下、お待ちください！　何卒《なにとぞ》話をお聞きいただきたく存じます!!」

「どうか私共のお話をッ！」

複数の男の声。近づいてくる足音も慌ただしく、逼迫《ひっぱく》した様子だった。しかし、彼は「おい」と、兵士たちに声をかける。

「「はっ！」」

そして、すぐに護衛の兵士たちが素早い足取りで後方へと向かっていく足音がする。その後、

「なっ!?　おい頼む、通してくれ！　私たちは皇帝陛下に──」

「──妃選《きさき》びの再考を嘆願したいだけなんだ！　決して陛下に危害を加えるつもりは……」

「お待ちくだされ！　私の娘こそ陛下に相応《ふさわ》しいのです！　他の娘を選ぶなど、あってはならないのです！　何卒どうかご一考を……！」

背後からそのような声が聞こえてきて、私は驚いてしまう。おそらく、護衛の兵士たちが後方の人物たちを取り押さえたのだ。

「皇帝陛下……？」

彼の表情に特に変わった様子はない。けれど、その目は感情を感じさせない冷たいものへと変化していた。

「娘、貴様が見る必要はない。このまま前を向いていろ」

つまらなそうにそう言って、彼は自らの上着を私にかける。後方の人たちから私の姿を隠すように。

「陛下！　もしや、その隣の人物は――」

「――黙れ。騒ぐな」

声を張り上げたわけではない。けれど、それは、間違いなく後方の人物たちに口をつぐませるほどの迫力があった。

「「――っ！」」

一瞬で廊下が静まり返る。そして、彼は落ち着いた声音で「一度しか言わん」と告げる。

「異論があるのなら、後日まとめて席を設ける。そこでいくらでも話すといい。いくらでも聞いてやる」

「へ、陛下……お、お待ちくださいっ。わ、我々は……そ、その……」

後方の人物の一人がそう、声を上げようとするも、しかし段々と声が小さくなっていく。まるで、次騒げばどうなるかを理解しているかのようにしおらしくなっていったのだった。

皇帝陛下は、つまらなそうに鼻を鳴らす。

「後で知らせるつもりだったが、貴様らの娘たちは後宮内での素行が褒められたものではなかった。場合によっては、下位の妃に罪を被《かぶ》せて、自殺に追い込んでいたかもしれん」

「えっ……そ、そんな……」

驚愕と衝撃に息を呑《の》む声がいくつも聞こえてくる。皇帝陛下から、そのようなことを言われるとは思っていなかったのだろう。

後方の人物たちが何も言えずにいると、最後にひとり恨めし気に呟く者がいた。

「……必ず後悔いたしますぞ」

「それは後に私が決めることだ。今の貴様が決めることではない」

彼は平坦《へいたん》な口調で「日時は追って連絡する」と彼らに告げる。

「行くぞ、娘」

「は、はい」

結局一度として振り向くことなく、残りの近衛《このえ》兵士たちと共に私たちは歩き始めたのだった。

「皇帝陛下、今のは……」

「気にするな。忘れて構わん」

どうしても気になってしまった私の問いかけに、彼はそれだけ答えた。背を向けていたため声をかけてきた人物たちの顔は見えなかった。けれど、私でも分かってしまう。おそらく彼らは、『最愛』に選ばれなかった妃たちの親だ。それに、皇帝である彼に対して直《じか》談判《だんぱん》しようとしたところから察するに上位の貴族たちに違いない。

私が『最愛』に選ばれたことは、まだ公式に発表されてはいない。しかし貴族の間にはすでに内々に広まっていたのだろう。だから、こうして私が皇妃になることについて、反対する者が出てきてもおかしくはなかった。

「……先ほどの方々は、本当に良かったのでしょうか……？」

「最低限の譲歩はした。それにこちらにも予定というものがある。不躾《ぶしつけ》な輩《やから》に対して一々取り合う必要はない」

彼の態度は、一貫していた。そして、皇帝である彼がそう言うのであれば私が異論をはさむ余地はないのだった。

私が口を閉じると、彼が「まあ、そもそも」と補足する。

「素行が悪かった妃たち云々《うんぬん》は抜きにしても、先ほどの者たちは、事前からマークしていた要注意人物であったからな。おそらく私が、どのような妃を『最愛』に選ぼうと、それが自分たちの娘でないなら必ず文句をつけてくることは分かりきっていた」

「そうなのですか……？」

「ああ。何せ彼奴《あいつ》らは――」

彼が、そう言葉を口にした時だった。

「――近頃貴族の間で名が広まっている『皇神教《こうじん》』の信者に他なりませんからね。そうでしょう、陛下？」

前方の廊下の曲がり角から、品のある声がこちらに届いたのであった。

「!!」

周りを囲む兵士たちが即座に身構えるが、皇帝陛下は直後に片手を軽く上げてそれを制した。

そして声がした方へと、視線を向ける。その態度は、先ほどのつまらなそうなものではなく、露骨に嫌そうなものであった。

「『――今代の皇帝が万能たる由縁は、全知全能の神をその身に降ろしているからに他ならぬ――』。と、そう信じて疑わない実に都合の良い連中でございますからね。器である皇帝陛下が身勝手なことをした、と勝手に憤ることは目に見えておりました」

規則的に足音を鳴らしながら、廊下の角から男性が優雅に姿を現す。

短く整えられた頭髪に、運動によって引き締まった体軀《たいく》。三十代前半くらいに見える外見。

　装いや所作から高潔さを漂わせているこの男性、果たして何者なのだろうか。皇帝陛下が兵士たちを諫《いさ》めたので、おそらく知り合いではあるのだろうけれど……。

「しかし、なかなかに見苦しい者たちでございましたね。賢帝たる陛下に対して軽率に異を唱えようとするとは。先ほどの者たちの多くは、そこまで信仰心が篤《あつ》く無さそうではありましたが、もう少し突き放した対応をなされてもよろしかったのではないでしょうか？」

「──ツィクシュ公爵。覗《のぞ》き見《み》とは、なかなかに良《よ》い趣味をしているな」

「いいえ、陛下。偶然ここを通りかかったら、一部始終を目撃した。ただそれだけでございます」

「ふん、自分の娘と同じことを言う奴だな。まあ、いい。そういうことにしておいてやる」

　彼はそう言って、私に視線を移す。

「──セドルク・ツィクシュ。私の家臣の一人で、一番目の妃ラナスティア・ツィクシュの父親だ」

「あ、この方が……」

　確か、一番目の妃は皇帝陛下と同じ二十三歳だったはずだけれど……目の前の人物は、とても四、五十代の壮年男性には見えないのであった。

「此奴《こやつ》は実年齢より若めに見えるといった類の『祝福』を有している。『呪い』は……まあ、後で教えてやる。正直、見た通りそのままでな。一度聞くと、終始くだらなく思えてしまう類のものだ」

「おやおやあまり、感心はしませんね、陛下。他人の二つの力を、第三者に教えるのは。私もうっかり陛下の二つの力をそちらの御令嬢にお教えしてしまうかもしれませんよ？」

「構わん。其奴《そやつ》はもう知っている」

「これはなんと。お二人がもうそこまでの仲とは。驚きました」

ツィクシュ公爵は、そのように声を上げながら、こちらに歩み寄る。そして、私たちに対して恭しい態度で一礼するのだった。

「ご機嫌よう、敬愛なるお二方。このセドルク・ツィクシュ、御祝《おいわい》の言葉を献上したく、本日登城いたしました」

そして、リィーリム皇国において、公爵家当主の肩書を有する最上位の貴族の一人である彼が、私たちに「今回は、玉座の間での前皇帝陛下との謁見を中止としたそうですからね。一家臣として、非公式ではありますが御祝すべきだと判断しました」と、そう告げる。

対して、皇帝陛下は「ふん」と、応える。

「なんだ、貴様もなぜ自分の娘を選ばなかった、と不満を言いにきたのではないのか」

「とんでもございません。私としては特に思うところはございませんよ。我が娘ラナスティアが陛下の『最愛』にならずとも、また別の形でこの国に尽くせば良いだけでございます。あれはそのように教育しましたゆえ」

「そうか。そういえば奴は随分と二つの力に熱心であったが、それがその教育とやらの賜《たま》物《もの》なのか？」

「それは……残念ながら、私共は関与しておりませんね」

「ほう、なんだ、奴の趣味か。実益を兼ねているなら、良いことだ。このまま伸ばすのも悪くない。熱量は本物のようだからな。国立研究所の現所長のように成果を出す日も近いかもしれんぞ？」

「……確かにそうかもしれません。我が娘をお褒めいただき誠にありがとうございます、陛下」

簡単に雑談した後、公爵は咳払《せきばら》いをして改めて畏《かしこ》まる。

「――エルクウェッド陛下におかれましては、正皇妃の選定、誠におめでとうございます。家臣として、我がツィクシュ家一同、心より御祝申し上げます」

その言葉に対して、今度は茶化すことなく皇帝陛下も表情を動かさないまま頷《うなず》く。

「貴殿の言葉、しかと拝聴した。有り難く受け取っておこう」

「ソーニャ妃につきましても、この度は『最愛』に選出されましたこと、誠に御祝いたします」

公爵が声をかけてきたため、私も頭を下げて「ありがとうございます」とお礼を言う。

公爵は、笑みを浮かべたまま私を観察するようにして、言うのだった。

「私個人としても、とても期待しておりますよ。『賢帝』たる陛下が、正皇妃となられるソーニャ妃と共に、この国に一体何をもたらすのかを」

――さらなる繁栄か。はたまた望まぬ破滅か。

公爵は、私たちに対して、実に楽しみだという表情を向けるのだった。対して、皇帝陛下が自信に満ちた態度で宣言する。

「案ずるな。進んで愚帝になるつもりは今のところない。無論、今後も含めてな」

「ええ。そうなれば我々国民も大変喜ばしく思うのですが……はてさて、一体どうなることでしょうね？」

「また、実の娘と同じことを言っているぞ貴様。本当に、貴様らと話していると無性に疲れてくる親子だな……要らんところばかり似おって」

「それは誠に申し訳ございません。――性分ですので」

その返答に皇帝陛下はなぜか大きくため息を吐くのだった。

「それで、用件はそれだけか？」

「はい。そろそろ、陛下の邪魔となりそうですね。退散いたしましょう」

公爵は、それだけ言うと廊下の隅に移動する。そして、美しく整った所作で臣下の礼を取るのだった。

「この度は引き留めてしまい、大変申し訳ございませんでした。どうぞ、この国のためお務めをお果たしくださいませ。御二方と、今回のようにお話し出来る機会がまた訪れることを願っております」

「ああ、またこうして話せることを楽しみにしている」

皇帝陛下は「行くぞ」と私と兵士たちに向かって声をかける。そして歩みを進めた。

「……皇帝陛下、今の方も」

「アレも忘れて構わん。別に悪い奴ではない。私も、何度も力を借りたことがある。……ただ、面倒な奴であることには変わらんな」

「それは、どういうことでしょうか……？」

「そのままの意味だ。まあ、忠臣といえば忠臣なのだがなあ……」

彼は少し疲れたように、そのような独り言をこぼすのだった。

「……この廊下、しばらくは通らないようにするか。面倒な奴とばかり会ってかなわん」

と。

第二章　妃教育

以前から、皇帝陛下が私に言っていた。

――『そろそろ貴様には妃教育を受けてもらう必要がある』、と。

歴代の皇帝は『最愛』を決めると、すぐさま婚姻式典とよばれる大掛かりな結婚式を、国を挙げて行っていた。それが国としての決まりなのだとか。

そう、代々のしきたりにより私たちは、最短で二ヶ月後――に婚姻式典を控えていたのだった。

そのため、それまでに私は皇妃として相応《ふさわ》しく思われるような教養や立ち振る舞いを身につける必要があった。

たとえば、上位の貴族令嬢たちは、皇帝陛下の『最愛』となる可能性を見越して、幼少期より妃教育を受けている。

その内容は多岐にわたるが基本的に淑女教育に近いものであり、皇妃としての礼儀作法が主となる。また皇妃として必要な教養、社交術、学力なども併せて習得しなければならない。

この約二ヶ月のうちにやらなければならないことが私には沢山あった。流石《さすが》にすべては習得できないため今回は基礎のみに絞った形になるとはいえ、本来ならば幼少期から時間をかけて習得するようなことを短期間でまとめてこなさなければならなかった。先週頃に、一番目の妃が言っていたけれど、『大変』の一言である。

そしてそんな妃教育を今回後宮入りした妃たちの場合、大体三十番目の妃までが受けているらしい。（なぜか二十五番目の妃だけは例外だったとのこと。なんで？？？）

その中で最も、皇妃として完璧に振る舞える者がいるとすれば、おそらく一番目の妃であったと、皇帝陛下は私に言った。しかし、彼はこうも語ったのだった。

「だが、それ以外の人間で奴に勝る者がいる。――そう、私だ」

現在、二人だけの多目的ホール内で皇帝陛下は厳かな声音で私に告げたのだった。

「今日より貴様の講師は私が務める。――娘、覚悟はいいな？」

「……え、あ、はい」

――皇帝陛下、ですか……そうですか、皇帝陛下……ですか。そうですか……。

なぜと聞くべきなのだろうか。しかし、彼の言葉に困惑以外の感情が湧いてこない。頭の中を大量の疑問符が埋め尽くして、思考が阻害される。

「娘、教えてやろう。私は実質、他国へ妃として嫁いだ男だ」

――へ、へえ……そう、なんですね。そういえば、前も言っていましたね、それ。……

でもすみません、全く訳がわからないのですが……。

私は、もう彼に対して何も言えなかった。だって、目の前の彼は自信に満《み》ち溢《あふ》れているのだ。まるでそのことに疑問を抱いていない。そういうことが出来て当たり前だという表情をしていたのだった。

どうしてこうも得意げなのだろう……。いや、凄《すご》いといえば凄いけれど……普通は他国へ妃として嫁ぐこと自体ひどく難しいことだろうし……しかもそれを男性である皇帝陛下が実質成し遂げているというのだから、なおさら凄い。でも――どうしてそうなってしまったの??

彼がそうなるに至ったエピソードがおそろしく気になる。が、これは確実に聞いてはならない類のものだ。

おそらく彼は私のループに何度も巻き込まれたことによって、変な常識が身についてしまっている。時折、真面目な様子でおかしな言動を取るのだから、そうとしか考えられない。

……意図せず彼を手塩にかけて変な人に育成してしまった償いを私はきっとすべきなのだろう。どのように償えばいいかわからないけれど。

彼が、突然よく分からないことをしたり、言ったりするたびにそう思ってしまうのだった。

「――あれはそうだな、確か戴冠した直後、西の平原大国を訪れた際のことだ。存在しない私の遠縁の公爵令嬢とそのお付きの侍女に一人二役の形で交互に変装しながら複数人の王族に情報収集目的で近づいたら、そのハートを尽《ことごと》くドギュン！してしまってな――」

「……こ、皇帝陛下？」

私が罪悪感に苛《さいな》まれていると、皇帝陛下がなぜかそのまま自身のエピソードを語り始めたのだった。……えっ、ちょっ、皇帝陛下……!?

「――あの時は、二、三十年前から皇都を騒がせていた結婚詐欺師の女に弟子入りして習得した技術の使い道が無かったから、もののついでに用いてみたのだが……まさかあのような騒ぎになるとは思ってもみなかった。事態を完全に収拾させるのに、かなり苦労した。まあ、最終的に貴様がループしたことで全てなかったことになったのだが……」

え、あのような騒ぎって一体どのような騒ぎなのですか、皇帝陛下……っ!?　というか、情報量が多すぎるのですが皇帝陛下――!!

「――娘、真実の愛というものは大抵偽りなものだ。正気に戻れば、そんなものまやかしだと誰だってすぐに分かる。まあ、その正気に戻すというのが一番難しいのだがな。よく肝に銘じておけ。私からの金言だ」

皇帝陛下が遠い目をして、窓の外の景色を「あの時は……大変だったな」と見つめるのだった。あまりにも意味深すぎる。詳細が気になるけれど、聞くのもそれはそれで怖い……。

そう思っていたら「まあ、つまらない昔語りはこれくらいにして始めるとするか」と、彼は我に返って話を切り上げたのだった。ああ、良かった……。

廊下で色々あったけれど、私たちが到着したこの場所は、少し広めの多目的ホールである。おそらく、宮廷だけあって豪華な調度品が飾られていたのだろうが、私の『呪い』対策のために凶器となりそうなものは全て撤去されていたため、部屋の内部はかなり殺風景な様子となっている。

そして私は、動きやすい造りのやや薄手のドレスに着替えて、皇帝陛下と対面していた。これから、彼が講師役となって妃教育が始まることとなるのだ。

どうやら、きちんと公務を調整してきたらしく、彼は「しばらく貴様に付きっ切りでいても問題ない」と言うのだった。

「とにもかくにも実績持ちである私が指導を行うのだ。娘よ、光栄に思うがいい」

「わ、分かりました……よろしくお願いいたします。それで、私は今から何をすればよろしいのでしょうか」

「そうだな、まあ実際に見た方が早いか」

彼は、無造作に椅子から立ち上がり、特に何もないスペースまで移動すると私に視線と体を向けた。その後、目を伏せ驚くほど優雅に男性式の会釈をする。そして――

「──御機嫌よう、レディ？」

そう言って、私に微笑《ほほえ》んだのだった。その瞬間、「……え」と、私の目は彼に釘付《くぎづ》けになってしまう。無意識のうちに。

その表情は恐ろしいほどに美しかった。気品に満ちた雰囲気をまとい、もはや神聖さすら感じられた。

そう。一瞬で、私は彼の立ち姿に、その表情に息をするのを忘れるほどに見惚《みと》れていたのだった。

「──と、まあ、今のは慣れているからという理由で男性式の挨拶をしたが、礼儀作法に関してはこんな感じだ。どうだ？」

その後すぐに皇帝陛下が微笑を崩して、「無論、以前言ったとおり女性式も習得している」と言いながら雰囲気を一変させる。彼は、パンと手を叩《たた》いた。それにより、私はハッと我に返ることになる。心臓が大きく脈打つのが聞こえる。私は一体──

「流石にあと二ヶ月でここまで出来るようになれとは言わん。それは私でも無理だからな。我が師だった妃《きさき》教育指導役の女史は、妃式《カーテシー》の挨拶の遣り手《やりて》で「私なら挨拶で人の命を奪えますよ？」が口癖だったが、私もその段階に至るまでにかなりの時間を要した。そのため最低限、恥をかかないレベルまでいけたら、合格とする。それが最終目標だ。分かったか？」

「後は、教養についても適宜教えていく。皇妃となる以上、一般教養だけでは不十分だからな。無論、教材も用意した。スケジュールもこちらで決めてあるから安心して学ぶといい」

「は、はい……」

「わ、分かりました……」

「では早速行うか」

そして私は先ほどの衝撃も冷めやらぬまま、皇帝陛下に従って、彼の指導を受けたのだった。けれど、一時間後。

「……どうした、娘?」

「——大変申し訳ありません、皇帝陛下。私、もう限界です……」

「おい、まだ一時間だぞ！　休憩も一度入れている。休むのには早いだろうが」

「違いますっ、そういうことではありません……！」

思わず、声を荒らげてしまった。しかし、仕方ないではないか。

たまらず私は、彼に切実な思いを告げる。

「——皇帝陛下がっ、女性としてっ、完璧に振る舞いすぎていてっ、全く集中できませんっー!!」

◇

結論から言うと、全くダメだった。

妃教育を受けている最中、もはや私よりも女性らしい振る舞いをする彼のことが気になって気になって仕方がなかったのだ。ドキドキが止まらない。あ、もしかしてこれが恋なのだろうか。……いや、絶対違うだろうけれど、何かもうそれでいい気がしてきた……。

「……ふん、確かに先ほどから気が散っているように思えるな。貴様、何が不満だというのだ」

「いえ、不満があるわけではありません……」

すみません、ただ単に集中できないだけです、皇帝陛下……。

正直、彼のことを甘く見ていたのかもしれない。彼は、先日の後宮での暗殺者襲撃事件の前に、私に対して教育の鬼になる顔をしていた。だから、彼から厳しい指導を受けることとなるのだと、覚悟していたつもりだった。

しかし、その私の予想は斜め上の方向へと裏切られることとなる。

彼は先ほどから、驚くほど分かりやすく懇切丁寧に皇妃としての振る舞いや礼儀作法を教えてくれているのだった。――言葉で、そして何より彼自身の実演付きで。その様子は恐ろしく優雅でたおやかで、息を呑《の》むほどに、美しかった。——そう、皇妃として！

それを間近で目にしたことで、皇帝なのに、今すぐ他国へ妃として嫁げると言っていた意味が、否《いや》でも分かってしまったのだった。

「ええい、仕方がない。なら、女装でもするか」

私が衝撃を受けていると、彼は唐突にもそのような発言を簡単にしてしまう。ゆえに二度見してしまった。

「え……こ、皇帝陛下……？」

「気が散るのだろう？　なら、今から女装する。そうすれば、先ほどよりも身が入るはずだ。すぐ着替えと化粧をしてくるからしばし待っていろ」

「いいい、いけません、皇帝陛下っ⁉」

私は必死になって首を横に振った。

これ以上、私のせいで彼の威厳を損ねるわけにはいかない。

「大変申し訳ありませんーっ！　それだけはー！　何卒《なにとぞ》それだけはーっ‼」

私は、今から、とにかくめちゃくちゃ頑張りますので止めてください、と彼に懇願したのだった。

◇

「――なるほど、よく分かりました。それで私が呼ばれたわけでございますね……」

微笑を浮かべながらも、少し呆《あき》れた様子で一人の美しい黒髪の女性が扇を開きながら、私と皇帝陛下の前に立つ。

彼女は、何を隠そう元一番目の妃であった人物である。名前はラナスティアと、皇帝陛下から呼ばれていた。

実は最終的に、私の妃教育が全く進まないことを危惧した彼が、不満そうにしながらも彼女を呼び寄せたのである。

「貴様、どうせ暇なのだろう？」

「それはそうでございますね。後宮の図書館も今は立ち入れませんし、こちら《白菊帝宮》には二つの力に関する書物があまり有りませんから」

彼女は扇を煽《あお》り、微笑を浮かべながら首をすくめて、「暇を持て余し過ぎて困っております」と皇帝陛下に応えるのだった。

先日起きた後宮での暗殺者襲撃事件によって、妃たちは皆、現在宮廷の一区画に移されていた。後宮に比べて移動が制限されており、私が『最愛』に選ばれたことで、一日ずつ皇帝陛下が彼女たちの元を訪れることもない。

あとは事件の処理が完全に終わり次第、彼女たちは自身の実家に戻るのを待つのみという状況である。

「講師として雇っていただけるのでしたら、こちらとしても嬉《うれ》しい限りです。時間を無為に浪費せずに済みますし、皇帝陛下からは十分な報酬もすでに提示されております。それに何より、国立研究所へは実家よりここからの方が近いですから、是非ともしばらくの間は雇っていただきたいと思っておりますね」

「空き時間は好きにして構わん。それと城外に出るなら、必ず許可を取ってからにしろ」

「はい、心得ております。それと、一応確認しておきますが試用期間はいかほどに？」

「はっ、不要だ。正規雇用で構わん。それとも貴様、私の命令を遂行できる自信がないと抜かすか？　貴様を人選したのは、この私だぞ。私に恥をかかせる気か？」

「いいえ、まさか。滅相もございませんとも。では、承知いたしました。この国のため誠心誠意尽くさせていただきます」

元一番目の妃は余裕を有した表情で微笑を浮かべる。対して皇帝陛下はややつまらなそうにしながら、お互いに言葉と視線を交わす。その後、「そういえば」と元一番目の妃は口を開いた。

「私を呼びに来たその侍女は、一体何者でございましょうか？　頭に鷹《たか》を止めておりますし、最初は斬新な様子の不審者かと思いました」

彼女は、多目的ホールの扉の横に背筋を伸ばして立つなぜか終始無言の侍女に視線を向ける。皇帝陛下より長身であるその女性は、目を伏せ、微動だにすることなく待機していた。それとともにかく体幹が凄《すさ》まじい。何か武術とかでもやっているのだろうか。というか、長身の侍女の頭には先ほどから一羽《わ》の鷹が止まっていた。以前、私を助けてくれたあの鷹だ。しかしなぜ。

「ああ、その者は気にしなくていい。最近仕え始めた、ただの侍女だ」

「最近とは？」

「七日前ほどからだな」

本当に最近だった。ああ、やっぱりこの侍女の人、もしかして……。

私が、記憶の中から心当たりを探っていると、元一番目の妃は、「まあ、気にするなと仰《おっしゃ》るのでしたら、そうしますが」と未《いま》だ怪しみながらも、私に目を向ける。

「それではソーニャ様、どうかよろしくお願いいたしますね？」

彼女は、にっこりと私に笑いかけた。その笑みは、とても上品で同時におこなった所作も洗練されているように思える。ものすごく綺麗《きれい》な立ち振る舞いであった。

「娘、今度こそしっかりやれよ」

「は、はいっ！」

皇帝陛下からも声をかけられ、私は意気込みながら返事をする。

そうだ、今度こそ頑張らないと。

私も「よろしくお願いいたします！」と、目の前の彼女に声をかける。

彼女は微笑みながら扇と共に顔をこちらに近づける。そして、小声で私に対して呟《つぶや》いたのだった。

「――もしも皇帝陛下の手を不必要に煩わせることがありましたら、容赦はしませんからね？」

「……」

……うわぁ。

先週、会った時同様に、彼女は怖い女性だった。

――そう思っていたけれど、次の瞬間には皇帝陛下に「おい、脅すな。脅すぞ」と窘《たしな》められて、その弾みで『呪い』であるくしゃみを「くちゅん！　くちゅん!!」と連発し始めたので……その、よく分からなくなってしまう……。

こんな感じのままで大丈夫なのだろうか、と思いながら私は、とりあえず姿勢を正して妃教育が再開される時を待つことにしたのだった。

しかし、私の心配は杞憂《きゆう》に終わる。何しろ、五分後には――

「さて、ソーニャ様。まずは基本となる礼儀作法から学んでいきましょうか。教養に関しましては、隙間時間に適宜学習致しましょう。とにもかくにも、今は挨拶の仕方からです。他人とコミュニケーションを交わす際は第一印象が最も重要でございます。残念なことに相手がどのような人物なのかは、直接言葉を交わしてみないと判断がつきませんから。あ、もちろん、心が読めるような二つの力を有しているのなら話は別ですが、おそらくそうではないのでしょう？」

「はい、そうです」

眼鏡をかけ、きりりとした表情で、彼女は私に指南する。花粉症で顔をぐしゃぐしゃにしていた先ほどまでとはまるで別人のようである。

「挨拶についてですが、大まかに分けて三つの要素によって構成されていると考えてください。表情、所作、発声の三つです。もちろんその場の雰囲気やタイミングも重要となってきますが、それは応用の範疇《はんちゅう》という認識ですので今回は割愛させていただきます。まずは基本からです。今挙げた三要素は、どのような場合でも必須となりますので、反射的に出来るまで反復練習を行ってください。もちろん、少しの合間でも出来ますので、くれぐれも日常的に欠かすことのないように」

「は、はい、分かりました」

「それでは実際にやってみましょう。この姿見をよく見てください。私が、今からこの姿見を見たまま挨拶を行いますので、このように笑みを作って試しに一緒に――？　どうかされたのですか、皇帝陛下。あまり姿見に近づくな、ですか……？　いえ、はい、いきなり倒れてくることなど有り得ないとは思いますが、分かりました。それではソーニャ様、少し距離をとりましょうか」

皇帝陛下が姿見を固定し直す。彼女は、論理的に指導してくれるのだった。なので、かなり分かりやすかった。

「背筋もきちんと伸ばしてください。伸ばし方としては、頭部の中央から糸が伸びていて、それが上に向かって引っ張られるようなイメージです。その体勢を維持するのは最初だと難しいかもしれませんが、常に意識して頑張ってください。——え、小さな羽虫が服に止まっているから動くな、ですか……？　本当ですか、気付きませんでした。もしかして、廊下にいたものを連れてきてしまったのかもしれませんね。ありがとうございます、皇帝陛下」

皇帝陛下が素早く、元一番目の妃《きさき》のドレスについていた蜂を手で捕らえる。私も気づかなかった。あれ、よくよく見ると、その蜂って猛毒を有している種類じゃ……。

「では、次に発声についてですが、喉を開いた状態で言葉を——皇帝陛下、またどうかされたのでしょうか？　え、天井に蜘蛛《くも》がいる……？」

直後、いつの間にか扉の横で控えていた長身の侍女が、私たちの目の前にいた。そして、その場で無言のまま大きく跳躍すると、持っていたはたきを頭上に向かって素早く振り抜く。――ぽとり、と毒々しい色をした蜘蛛が床に落下したのだった。

「……ありがとうございます」

元一番目の妃が長身の侍女にお礼を言う。対して、相手は無言で会釈した後、何事もなく扉の横に戻っていく。

それを元一番目の妃が目で追うのだが、明らかに「さっきから何なんだこいつらは……」といった目をしていた。

一方、私は流石《さすが》に察してしまう。――あ、これ私を守ってくれているやつだ、と。

皇帝陛下が最初に姿見を直したのは、本当に倒れかかっていたからであり、次に猛毒の蜂を捕らえたのも、私が標的にされかけていたからであり、そして最後の蜘蛛についても、きっとそうなのだ。

私に、いつの間にか死に繋《つな》がる不幸が訪れていたようだ。そして、皇帝陛下たちが、それを防いでくれた。

――ありがとうございます、皇帝陛下。それと、その……長身の侍女の方。

先ほどの身のこなし、多分、いや間違いなくあの人なのだろうな、ああ、可哀想《かわいそう》……と思いながら、私は心の中で二人に感謝の言葉を言うのだった。

そして、気が付けば夕方になりかけた時刻となる。そのため今日の指導は、もう終了間近となっていた。

「……確かに私の時よりマシに見えたな」

最後の方になって、皇帝陛下がぽつりと呟く。彼は、午後から始まった妃教育中、持参してきた仕事の書類や本に目を通しながら、ずっと見学していたのだった。

長身の侍女の頭から床に置かれた大きな止まり木に移動して休んでいた鷹（※蜂と蜘蛛は彼？彼女の？のおやつになっていた）の頭を撫《な》でながら不服そうに、そう言った。

「貴様、本当に私のことが気になって集中できなかったのか」

「はい……」

私が正直に頷《うなず》くと、彼は「そうか……」と一言、呟く。

その姿がどうしてか、ショックを受けているように見えた。

――ごめんなさい皇帝陛下。でもそこでショックを受けるのはおかしいと思います……。

「どうやら本当に私の方が適任だったということみたいですね。まさか、私ごときが皇帝陛下より優れた点があるとは思ってもみませんでした」

彼女が楽しそうに挑戦的な視線を向ければ、彼は「はっ」と余裕綽々《よゆうしゃくしゃく》に笑う。

「この程度で勝ち誇るか。実におめでたいやつだ」

彼は足を組み、椅子の肘掛けに片肘をつきながら、泰然とした様子で告げた。

「――私にはまだ女装という手段が残っているぞ？」

「それは、正直残さないでくださいませ……」

彼女は、すかさず突っ込む。疲れた声音であった。

「……仮に皇帝陛下がそのようなお姿をされてしまった場合、私はこの身を挺《てい》してお諫《いさ》めしなければなりません。率直に言って、もの凄《すご》く嫌でございます」

「案ずるな。あの暗殺者共のような見苦しいモノにはならん。これでも『傾国』と呼ばれたこともある。まあ、確かに宰相を騙《だま》し通せたことがないのは認めるが」

「え、宰相様、凄いですね……」

実質、他国に嫁いだことのある皇帝陛下の変装を見破るなんて。凄すぎる……。

「ああ。奴は驚くことに、一度対面している異性に対して『おもしれー女』と言ったことがない。記憶力が恐ろしく良《よ》いのか、二つの力の副次的な効果で判別がつくのか未だ不明でな。どうなっているのかそれは現状、本人にしか分からない」

二つの力についての話題になったことで、彼女も瞬時に飛びつくのだった。

「あ、それは私も凄く気になっておりました。もしや研究に活《い》かせるのではと思い、何度か宰相様にお聞きしたのですが、すぐに煙《けむ》にまかれてしまいまして」

「私も聞いたが、一度だけでも大変失礼なのに、二度も言うなんて自分には到底できない、だからそれだけなのだとしたり顔で言っていたな。なので少しイラっとしたからその後、速攻で五つ子の新米侍女を奴の元に順次向かわせた。まあ、結局禿《は》げんかったが」

「なるほど、実に興味深いですね」

談笑しながら、皇帝陛下が「それでは」と声を上げる。

「最後にテストでもするか。それで今日は終わりにする。いいな？」

「私としては問題ありません。ソーニャ様もよろしいでしょうか？」

自身が指導したのだから何も問題ないといった様子で、元一番目の妃が応じる。私も、

「はい、分かりました」と返事をした。彼女の教えは、凄く分かりやすかった。今日教わったことは全て覚えている。きっと問題ないはずだ。

そして、すぐさま妃教育中、合間合間に学んだ教養について皇帝陛下から口頭で問いを投げかけられる。

「それについては――だと思います」

「ほう、正解だ」

彼は、「上出来だ」と私を褒めてくるのだった。

「次は、礼儀作法だな。私が相手役を務める。準備はいいな？」

「はい、お願いします」

彼は頷くと、私の前に立つ。そして――私が瞬きをした次の瞬間、最初の時と同じ別人のような雰囲気を見せたのだった。

「――はじめまして。お会いできて光栄です、レディ」

口調も態度も、その立ち振る舞いも何かもが別人かと見まがうほどに一変していた。そして、有り得ないほどに、その姿は高貴な魅力に満《み》ち溢《あふ》れているのだった。

「本日はお日柄も良く、貴女《あなた》とこうしてお会いできたことに一抹の運命すら感じております」

「……」

「ああ、どうか、この私めにお名前を教えては——おい、娘、何を呆《ほう》けている」

あまりの別人振りに衝撃を受けて私が言葉を失っていると、皇帝陛下が言葉を中断する。

「テスト中だぞ。集中しろ」

しかし、私としては「す、すみません……っ」と謝ることしか出来ない。そして、それを見ていた元一番目の妃は、やや呆《あき》れた様子で言う。

「……なるほど、どうりでソーニャ様が集中できないわけですね。理解いたしました」

その言葉に、私たちの様子を傍《はた》から見ていた長身の侍女と鷹《たか》も同意するように頷いたのだった。

◇

次の日からは、朝から夕方まで私の妃教育が行われた。当分は朝から夕方までの八時間ほど、妃教育が行われることとなり、その際は元一番目の妃が付きっきりで指導してくれることとなっていた。

皇帝陛下もスケジュール調整済であるため、基本的に室内で私たちの様子を長身の侍女と鷹と一緒に見守ってくれていた。そして、その一人と一羽《わ》と共に私が不意に死にそうになると、周囲に気付かれないような手際の良《よ》さで、瞬く間に助けてくれたのだった。といっても、急に変な声を上げることがあったため、周囲から何事だと何度も驚かれてしまっていたのだけれど……。

――毎回助けていただき本当にありがとうございます、皇帝陛下。そして急に変な声を上げさせることになって本当にごめんなさい、皇帝陛下……。

彼らに助けてもらうたびに私の中で感謝の気持ちと謝罪の気持ちが同時に押し寄せてくるのだった。

そしてそんなことを考えながら私は、ちらりと目の前のテーブルに座る彼女に視線を向ける。現在は、以前教わったことを活用したマナーの実践授業の最中である。

私と彼女がお茶をして、その際に不十分な箇所があればその都度指摘されるという内容となっていた。

改めて彼女と対面すると、毎度のように少しばかり緊張してしまう。彼女から殺意を向けられた経験を思い出してしまうからである。

彼女は、真摯に私に対して指導を行っている。けれど過去のこともあり私にとって目の前の彼女は怖い人だという印象が強かった。

「あら、ソーニャ様。カップを持つ手が逆になっておりますよ」

考え事をしていると、彼女がそう指摘してくる。

「リィーリム皇国を始めとした多くの近隣諸国の上流階級では特に理由が無ければ、基本的に右手でカップを持つこととなっております。昔は左手だったそうですが、かつてのリィーリム皇国皇帝が右手でたまたまカップを持った際に刺客の放った矢が腕に当たって心臓を守る形になった——ことで今では右手になったそうですよ」

彼女は扇を揺らしながらにこりと笑う。

「ソーニャ様も、いつか同じ機会が訪れるやもしれませんから、右手で慣れておいた方がよろしいのでは？」

「あっ、はい。すみません、是非そうさせていただきます……」

言外に「昨日、ちゃんと教えたはずだよね？　え、もう忘れたの？　ねえ？」という圧と「何なら私がその刺客になってあげようか？　ん？」という不穏な雰囲気を感じて、私はすぐさまカップを持ち替える。

そして、その後紅茶をおそるおそる口に運ぶ。とても良い香りが鼻孔をくすぐるが、残念ながら私には紅茶の味がよく分からない。けれど、こういったこともいずれは覚えていかなければならないのだろう。なかなかに険しい道のりだった。

……しかし、それにしても目の前の相手は、皇帝陛下とはまた違ったやり辛《づら》さを感じる。流石に彼の時のように一切集中出来ないというほどではないし、皇帝陛下と同じように驚くほど丁寧に教えてくれるが、常に言葉の端に何か圧力のようなものを感じるのだ。それが、おそらく彼女への接し辛さの原因なのだろう。この先、彼女と打ち解ける日がくるのだろうか。皇帝陛下が妃《きさき》教育の講師役として、彼女を雇った。なら、彼女とは当分関わっていかなければならない。いや、皇妃となれば、彼女以外の貴族女性とも関わっていくことになるだろう。……ならば、今尻込みしていては意味がない。

「あ、あの……ラ、ラナスティア様」

「ラナスティアと呼び捨てにしても構いませんよ。今ではあなたの方が地位は上ですからね」

「え……いえ、それはちょっと……」

意を決してこちらから話しかけると、そのように軽い調子で返されてしまう。

「……ラ、ラナスティア、さん」

「まあ、それでいいでしょう。それで、どうかされましたかソーニャ様？」

私はテーブルの下で見えないように両拳を作りながら、彼女――ラナスティアさんに提案した。

「休憩時間になりましたら、その――私とお喋《しゃべ》りしませんか？」

すうっと彼女の目が細まる。同時に扇を揺らす手を止めた。

「それはどういった意味でしょう？　今もしているではありませんか」

「確かに、今はマナーの実践授業の中で雑談をおこなっています」

しかし、そういう意味ではないのだと私ははっきりと告げる。

「もっと、ラナスティアさんとお話がしたいんです。今後のことも考えて」

そうだ。皇帝陛下にばかり頼っていてはおそらく駄目だ。なら、私も私なりに出来ることを見つけなければならない。この先、皇妃として彼の隣に立つのなら。

そして、私が現在出来ることといえば、目の前の彼女と打ち解けることである。

彼女は、現在皇帝陛下に雇われている味方だ。けれど、きっと彼女は皇帝陛下の味方であって私の味方ではないのだろう。だから、私の味方にもなってもらう必要がある。そうなれば、彼女から助力を十二分に受けることができるだろう。私はそう考えていた。

「……なるほど」

彼女は、微笑を浮かべたまま私を見る。その視線はおそらく、私を値踏みするかのような、あるいは観察するかのようなものだった。そして、数秒後、扇をぱちんと閉じる。

「構いませんよ。そろそろ、休憩のお時間にしようと思っておりました」

彼女は「何なら今からお話ししましょうか」と、面白がっているような声音で私に告げる。

「分かりました。ありがとうございます、ラナスティアさん」

ここからがさらに頑張り時だ。私は緊張で生唾を飲み込む。同時に、室内の止まり木で眠そうに鷹も喉を鳴らし、壁際に控えていた長身の侍女も無言で部屋に迷い込んできた猛毒の蛙《かえる》をそっと窓から逃がす。

「何だ、二人でガールズトークをするのか」

私たちの会話を聞いていた皇帝陛下が、めくっていた書物から視線をこちらに移す。

「仲を深めるのは結構なことだ。私のことは気にせず、楽しむといい」

「あら、皇帝陛下もご参加なさいますか？」

ラナスティアさんが悪戯《いたずら》っぽく「実質、女性みたいなものですものね」と言うと、彼は真顔で答えた。

「ん？　良いのか？　歯止めが利かなくなるぞ」

「大変申し訳ございませんでした」

ラナスティアさんが即座に平謝りをする。まあ、皇帝陛下が女子よりも女子っぽい会話ができるぞと、暗に告げたのだから、彼の名誉のためにも私でも即謝っていたと思う。

そしてその後、私たちは言葉を交わし――晴れてお友達になったのだった。

正直言って彼女のことを気難しい女性だと思っていたのだが――話してみるとそれが誤

解であったと分かった。彼女は私の気持ちに応えて、素の調子で話してくれたからである。

それに話していると、あることで共通点を見出《みいだ》してしまったからだ。それは――

「えっ！　ラナスティアさんも後宮でお友達、出来なかったのですか……？」

そう、そうなのだ。私はその衝撃的な事実に驚いてしまう。私は半分ほどの妃たちに後宮で社会的にも物理的にも殺されていたので、他の妃たちと可能な限り関わらないようにしていた。そのため、友達など作る機会も出来る機会もなかったのだが……彼女もまたとある理由で友達作りが難航していたらしい。結局、私と同じゼロ人であった。

彼女はため息を吐く。

「どうやら私の『祝福』で大多数の妃たちが、私を怖がってしまったようですね。ソーニャ様も正直なところ、そうお思いでしょう？」

「はい、実は……」

「私の『祝福』は便利な代物ではありますが、対象が無差別ですから、コントロールが困難なのです。『お友達になりましょう』と言っても、残念ながら『取引をしましょう』と解釈されることが多くて……まあ、それはそれとして取引はするのですが」

「しちゃうんですか……」

しちゃうんだ……。なら、別に『祝福』が悪いわけではないのでは？？？

だって、確か『祝福』は【常に微笑を浮かべていると、他者が何かこう良《い》い感じに自分の言動を好解釈してくれやすくなる】で、『呪い』は【常に微笑を浮かべていないと、年中そこそこ重い花粉症に悩まされる】でしたよね？　あれ……？

湧いて出た疑問を頭の片隅に無理やり押しやりながら、私は相槌《あいづち》を打つ。

彼女はとても良い人であった。それに友達が少ない者同士という共通点もあり、私たちはすぐに打ち解けることが出来たのだった。

そしてそれを見ていた皇帝陛下が椅子から立ち上がった後、言う。

「よし、なら私たちも打ち解けるか。──おい、やるぞ」

壁際に控えていた長身の侍女も無言で大きく頷《うなず》く。

そして、二人して向き合うと、突如同時に素早くファイティングポーズを取り出したのだった。え、一体なぜ……？

その異様な光景に私とラナスティアさんは「何か怖い……」と、ひたすら困惑したのだった。

◇

──妃教育が始まって一週間が経過した。今のところ、私への指導の進み具合は順調であるらしい。

ラナスティアさんからは「筋が良い」と褒められたし、皇帝陛下からも「ちゃんと肺呼吸出来ていて偉い！」と凄《すご》く褒められたのだった。なので、ちょっと嬉《うれ》しい。

ちなみに相変わらず、皇帝陛下たちは私が危険な目に遭いそうになるとすぐさま助けてくれた。死に繋《つな》がる不幸は、妃教育中でも関係なく起きてしまう。どれだけ周囲に注意を払っていても、やはり予防することは難しい。そしてたびたび彼が変な声を上げて、ラナスティアさんから「毎回毎回何この人……」という目を向けられてしまっていた。ち、違うんです、あと本当に本当にごめんなさい皇帝陛下……。

今のところ、皇帝陛下たちの尽力によって騒ぎにはなっていない。そして、今も私はこうして生きている。二週間以上も、である。

だから、彼の期待に応えるため、心中で抱かずにはいられない感謝の念と罪悪感と共にひたすら妃教育のレッスンに励んだのだった。

「――ふむ、悪くない」

そして、集中しながら昨日から教わっているダンスを終える。相手は、皇帝陛下だった。

彼は、パンダの顔を模したお面を外して、私に告げる。

「昨日教わったことは大体出来ていた。よく復習したようだな。偉いぞ」

「ありがとうございます……っ」

私は、頭を下げる。彼にそう褒められて物凄《ものすご》く嬉しかった。

「本当によくできました、ソーニャ様。それとよく、堪えましたね……」

ラナスティアさんも拍手しながら、褒めてくれる。確かに、皇帝陛下が「ダンスの相手役なら、私がするぞ」と申し出た時は、ちゃんと出来るか色々な意味で不安だったけれど……さらに、その後に「集中出来んようなら、私は今からパンダになる。ダンシングパンダ仮面だ」と言って、パンダのお面を懐から取り出して被《かぶ》った時は「??」と激しく困惑することになったけれど……結果的にこうして全て踊り切ることが出来て良かった。

「今回、娘は集中を切らすことがなかった。貴様の出番はもう要らぬかもしれんな？」

「それはそれはとても面白い冗談でございますね、皇帝陛下。ここまでソーニャ様が成長なされたのは、間違いなく私の功績かと存じますが、それについてはどうお考えでしょうか？」

「ふん、私ならあと二日は早くここまで育てることが出来たぞ」

「さようですか、つまりそれは私の教育方法に無駄が有ったと。それは、とても興味深いご意見です。是非とも詳細にご教授いただきたいところでございますが？」

あ、まずい。また二人が揉《も》めだした。実は三日前から、皇帝陛下とラナスティアさんが私の教育方針を巡って少しずつ対立し始めていたのだ。昨日もちょっと揉めて、すぐに仲直りしていたけれど、やはり完全には決着がついていなかったらしい。

お互い「自分の育て方が最も合っている」と譲らなかった。何だか、両親が自分の教育方針で喧嘩《けんか》しているところを目撃してしまったかのような気分だ。いや、実際にそのような光景見たこと無いのだけれど……。

「──おい、貴様もそう思うよな？」

二人の言い争いは、ついには周囲にも飛び火し始める。皇帝陛下が、いきなり控えていた長身の侍女に同意を求めるのだった。

「あなたもそうは思いませんか？」

ラナスティアさんもすぐさま彼女に問いかける。そして、その際に長身の侍女の背の高さに改めて気づいて、「え、デカッ!?」といった様子で二度見していた。

「……」

長身の侍女は相変わらず無言で微動だにせずに立ち尽くす。しかし、少しして皇帝陛下の方に体を向けた。どうやら彼を支持するらしい。これで二対一となる。

しかし、そこで伏兵が現れた。長身の侍女の頭に止まっていた鷹《たか》が飛び立ち、ラナスティアさんの近くに降り立ったのだ。

これで、二対二。拮抗《きっこう》したことで、最終判定は私に託されることとなる。

「「「……」」」

三人と一羽《わ》が無言でこちらを見つめてくる。

なので、私は「……すみません、保留でお願いします」と、パスするしかなかったのだった。

◇

ダンスレッスンが終わると休憩を挟み、次は妃《きさき》教育の教本に目を通す時間が設けられた。そのため、ソーニャはひとり、集中して席に座り本の頁《ページ》を捲《めく》る。

その際に、ラナスティアはエルクウェッドに近寄ると、小声で問いかけた。

「皇帝陛下、先日から思っているのですが——少々、ソーニャ様に対して過保護ではありませんか？」

そう、呆《あき》れたような表情を見せる。対して、彼は首を傾《かし》げるのだった。

「何か問題でもあるのか？」

「ええ、あります。ソーニャ様のことを常に案じておられるのは分かりますが……正直、付きっ切りというのはやりすぎだと思うのです。皇帝陛下の貴重なお時間をこのまま妃教育の見学のみに使うのは、流石《さすが》に私としても賛成いたしかねます」

そう、妃教育初日からもそうだが、エルクウェッドは、可能な限り伴侶となる少女の傍《そば》にいた。それが、事情の知らない他者——その一人であるラナスティアからは過保護な光景に見えていたのだった。

彼としても、他者からそう見られることは理解していた。そして、自分のような存在に臆せず意見してくれることは実に有り難い。だが、その上で自重するつもりはなかった。

何せ人命がかかっているのだから。

「案ずるな。今のところ公務に支障はない。一時の休暇みたいなものだと思ってくればいい」

「しかし、たとえ今は問題なくとも、今後はあるかもしれません。彼女の傍から離れたくないのは分かりましたが、頻度は減らすべきではないでしょうか」

「……それは困るな」

時と場合によっては、己の膝に少女を座らせたまま公務をこなす覚悟を決めていた彼としては、残念ながらあまりよろしい諫言《かんげん》ではない。

彼はそれらしい理由を考えて彼女に話す。

「とにかく今は極力目を離したくない。いや、離すべきではない、と言った方が正しいな。自分で言っても何だが、今回の妃選びはこの国の歴史上かなり稀《まれ》なケースだ。万全を期しておきたい」

「……承知いたしました。確かに、今回のような五十番目の妃が『最愛』となることは、レアどころか初のケースでしょうしね。理解はできます。しかし、このままの調子だと、いつしか皇帝陛下が使用人のように振る舞ってしまわれるかもしれないと、気が気ではないのです。現状、ソーニャ様に何かあればすぐに駆け寄っているではありませんか」

納得しながらも、そのような胡乱《うろん》げな視線を彼女は、エルクウェッドに向けるのだった。

——大国の皇帝の癖に、先日からその在り方がもう一保護者を通り越して、召使いの域に達しかけているんだけど？　と。

対して、彼は何事もないかのように言う。

「その心配も不要だ。私は、問題なく侍女としても振る舞える」

主人がいれば、その者に対して完璧に傅《かしず》いてみせると、彼はそう、強固な自信を有していた。

その言葉に、「えっ」と、元一番目の妃は固まる。

そして、そのあと、疲れたような顔をして「……今の発言は聞かなかったことにさせていただきます」と、呟《つぶや》くように言う。

「……とにもかくにも、皇帝陛下は、皇妃様のことを心配しすぎだと、私個人としては思います。今一度よくお考えください」

そう言われて、彼としては「まあ、否定はせんが……」と、言葉に詰まることになる。

何しろ、彼には否でも過保護になってしまう明確な理由が存在していた。

——だって、この娘。割とすぐに死んでしまうのだ。

通常、人生で一回しか死というものを直接経験することはない。しかし、この少女は、もう数えきれないほど死んでいた。

たとえるなら、「よおし、ご飯食べたし、歯磨きをしよう！」というような気軽さで死ぬのだ。何なら、明日にでも「死なないと何だか体がむずむずするなぁ。よぉし、死んでさっぱりしよう！」と言い出しかねないレベルである。しかも、妃教育中であっても変わらず死にそうになっているのだから、いくら過保護になっても足りないほどなのだ。

けれど、その理由を彼女に説明することが出来ない。故に、彼としては彼女に対して、曖昧な返事をするしか無かった。

そして、そのあと彼は小言を躱《かわ》すべく「そういえば」と、すぐさま話題を変える。

「一つ聞くぞ。良《よ》いか？」

「何でしょう？」

「――貴様は、どのような時に『幸せ』だと感じる？」

そう、早朝に将軍と宰相に聞いたのと同じ質問だ。彼は今、他者のその答えを集めていた。

唐突な問いかけに、彼女は他の者と同様に不思議そうな表情をして、「そうですね――」と答える。

「私の場合だと、新種の『祝福』と『呪い』について知ることが出来たら、幸せだと感じますね。この頃は」

「なるほど」

彼は、頷いた。そして、ならば、と、彼女にあっさりとした口調で告げる。

「──私の『祝福』は、【どのような他者からの祝福や呪いであっても、その影響を受けにくくなる】というものだ」

「はぁ……？　そうなのですか──えっ⁉」

彼女は、エルクウェッドを二度見した。

唐突に、今まで秘密にしていた自らの『祝福』を語り出したため、「今ここで⁉」というような驚いた顔を見せる。

そして、彼女は、その拍子に完全に微笑を崩すことになる。

よって、くちゅん‼　と、大きくくしゃみをすることになるのだった。

──彼女の『呪い』は、【常に微笑を浮かべていないと、年中そこそこ重い花粉症に悩まされる】であるからだ。

「へぇ、くちゅん‼　皇帝、くしゅん‼　陛下っ、くくちゃん‼　そのお話っ、くしぇん‼　ぇあっ、くちゅちゅちゅん！！！　どうか、もっとよく、ちぃっ、くしょんンッ‼‼　お聞かせ、くださいませ……っ‼」

彼女は、くしゃみを連発する。

それによって、息も絶え絶えといった様子であったが、しかしそれでも彼に声をかけるのをやめようとしない。

彼女の声音には、間違いなく好奇心と喜悦が含まれていたのだった。

……まさか、こうなるとは思わなかった。

彼女は、現在手に持った扇で顔を隠しているが、きっと凄《すご》いことになっているに違いない。

エルクウェッドは、それを見て「……その、何か、すまなかった。少しばかり軽率すぎたようだ」と、謝罪を行うこととなったのだった。

◇

次の日の朝、前日の復習を終えると、皇帝陛下が「これなら問題ないな」と私に問いかけた。

「娘、準備はいいな？」

「は、はい。お願いします……！」

やはり緊張する。実は、本日の妃教育は今までとは全く異なる指導が行われることとなっていたのだ。なので、私は深呼吸を行って、気持ちを落ち着かせる。

「大丈夫ですよ、ソーニャ様。私もサポートいたします」

「あまり気負う必要はない。まあ、楽しんでこい」

「それは、流石に難しいと思います……」

ラナスティアさんと皇帝陛下は、思った以上に軽い調子だった。けれど、私としては、どうしても心を落ち着かせられない。

何せ今日は──

「そろそろ、行くぞ。他の元妃たちが待っている」

後宮でライバル関係にあった彼女たちのもとに訪問することとなっていたのだった。

現皇帝が唯一の『最愛』を決めるために行われた妃選び。それが終わると、選ばれなかった妃たちは国から褒賞をもらい、そして後宮を後にする。

場合によっては、皇妃付きの侍女となって後宮に留まる者もいるらしいが、今回の皇妃は私であるため、そのような予定の者はおらず、その上後宮は現在立ち入り禁止となっているので、多くの元妃たちはそのまま実家に戻る準備を行っていた。

私が『最愛』に決まってから二週間以上が過ぎた現在、残っているのは半分ほどであるらしい。彼女たちは、宮廷の一画に各部屋を設けられており、そこで暮らしているのだとか。当然ながらラナスティアさんも現在、そこから通っているようだった。

そして私は、現在その場所に向かっていた。

――元妃たちと交流して、実際の環境に近い経験を積む。

それが、本日の指導の狙いであったからだ。

『何人かの元妃たちには、ラナスティア同様に報酬を提示してしばらく残ってもらうことになっている。今後も一週間ごとにこうしたことを行っていく。練習のようなものだから失敗しても別に構わん。とにかく積極的に元妃たちと交流して数をこなして慣れていけ』

皇帝陛下は事前にそう説明していた。ちなみに協力を取り付けたという元妃たちは、過去に私に対して危害を加えておらず、後宮にいた際にラナスティアさんの懐柔というか説得を受けて、私が皇妃となることに対して納得を示している者たちばかりであるとのこと。

そのため、私を積極的に亡き者にしようとはしないはずだと言うけれど……。

胸の中で不安が渦巻く。私が妃教育を受けてまだ一週間しか経《た》っていないため、きちんと振る舞える自信がないということ。そして、久しぶりの多数の他者との交流で死ぬ危険があるのではないかということ。その二つの不安を抑え込みながら、私は足を進めたのだった。少しでも早く立派な皇妃となるために。

「――皆さま、お初にお目にかかります。この度、皇妃となりますソーニャ・フォグランでございます。何卒《なにとぞ》よろしくお願いいたします」

元妃たちの前で一礼する。今まで教わったことを全て総動員して、決して失敗のないように。

昨日の夜、自室で何度もイメージトレーニングを行った。翌日のためにも早めに就寝しようとしたけれど寝つけなくて、結局起きて壁にしっかり固定された姿見の前で何度も所作の確認を行ったりもした。……最終的に、私が眠っていないことになぜか気づいた皇帝陛下が大声で子守り歌（※凄い美声）を歌いながら、私の部屋に突撃しかけてきたので、すぐにベッドの中に飛び込む羽目になったけれど……。それと、自室の扉からではなく窓の方から彼の子守り歌が聞こえてきたのは色々な意味で本当にびっくりした……。皇帝陛下、申し訳ありませんが、ここ《私の部屋》四階ですから、ね……？

昨夜の衝撃的な出来事を一瞬思い出すも、すぐさま思考を切り替えて、周囲の反応をうかがう。

私たちがいるのは広い談話室。そこには、私のために元妃たちが集められていた。そして大多数が私に対して興味深そうに視線を向けていた。敵意は……おそらくなさそうだ。

私自身は、それぞれが何番目の妃《きさき》であったのか認識している。中には、少しだけ言葉を交わした妃もいた。けれど、そのすぐ後に別の妃によって殺されて巻き戻ってしまっているので、結局皆「はじめまして」という形となっていた。

「それでは、皇帝陛下からお聞きしているとは思いますが、今一度説明させていただきますね。今から皆さまには、皇妃となられるソーニャ様と交流を行っていただきます。時間は本日の夕方まで。交流方法は自由です。制限は特にしませんが、節度は守ってください。当然ですがソーニャ様に危害を加えるようなことをした場合、即刻兵士と皇帝陛下に報告いたしますので、ご留意ください」

ラナスティアさんが、よく通る声で元妃たちに説明を行う。

「率直に申し上げますと、皆さまにとってこれは千載一遇の機会でもあります。皇妃となられるソーニャ様からの覚えがよくなれば、それだけ国からの恩恵に与《あずか》りやすくなる可能性もありますからね。本日はソーニャ様に負担をかけない程度に、ほどほどながらも思う存分取り入ってくださいませ」

彼女は「これで以上となります」と、最後に身も蓋もないことを言って言葉を締めくくるのだった。ラナスティアさん……。

そして、彼女が後ろに下がると、恐る恐るといった様子で一人の女性が前に進み出てくる。

「……は、初めまして、ソーニャ様。僭越《せんえつ》ながら二番目の妃をしておりました、シルトメル公爵家のアイリーシャと申します」

表情は硬いがそれでも彼女は、惚《ほ》れ惚《ぼ》れするような所作で挨拶をしてくる。そのため、私も何とか頑張って、挨拶を返したのだった。

彼女は、私に「あの、」と質問をしてくる。

「いきなり不躾《ぶしつけ》で大変申し訳ございません。ソーニャ様は、まだ妃教育を修了しておられないとお聞きしているのですが、それは誠なのでしょうか？」

「はい、お恥ずかしいことながら……。ですので、今日は是非とも勉強させていただきたいと思っております」

自身の気持ちを正直に伝える。彼女たちに嘘《うそ》などもってのほかだ。協力してくれている彼女たちの気持ちを踏みにじっては決してならない。

「それは……なかなかに大変でございますね……」

基本的に妃教育は幼少の時から始まる。彼女は、今から妃教育を受けることの大変さを理解していたのだった。

そして、彼女は後ろを振り向いた後、他の元妃たちとアイコンタクトをとるような仕草をする。その後、表情を引き締めて私に再度問いかけた。

「ソーニャ様、もう一つお聞きいたします。――薬草の知識はお持ちでしょうか？」

「薬草、ですか……？　いえ、ありませんが……」

そう答えると、彼女は安堵《あんど》するような、目を輝かせるような、複雑な表情を見せるのだった。そして、

「そ、それでしたら、私が薬草の知識についてソーニャ様にお教えしてもよろしいでしょ

うか……!?」

　彼女は「ネオハイパーヤブドクターと呼ばれた皇帝陛下ほどではありませんが、自信があります！」と私にアピールしてくる。なので、私は困惑しながらも、「それは……是非ともお願いいたします」と返答する。

　いきなりどうしたと言うのだろう。え、薬草の知識……？　と思っていると、別の元妃が私の前に歩み出てくる。そして、元気よく言った。

「お初にお目にかかります。元三番目の妃、ゼナ公爵家のナナリルでございます！　ダンス全般が得意です！　留学していた国では、それなりの知名度がありました！……ダンスの神と呼ばれた皇帝陛下ほどではありませんが！」

「そ、そうなのですね……」

　その後、彼女を皮切りに他の妃たちも私の前に駆け寄ってくる。

「は、はじめまして、ソーニャ様。元四番目の妃、アデルトン侯爵家のカリンです。ええと、馬の早駆けにはそれなりに自信があります。国内大会で新記録を樹立した皇帝陛下ほどではありませんが……」

「五番目の地位におりました、ロンベスタ侯爵家のクララと申します。絵札占いであれば、ソーニャ様にお教えすることが可能でございますわ。当然、リアルエスパー人間の皇帝陛下には及びませんが……」

「……ろ、六番目の妃でございました、マルミディット侯爵家のソラリッサです。得意なことは特に無いのですが……皇帝陛下と思われる御方が登場される小説をいくつか知っていますので、お教えできます。……おそらく皇帝陛下御本人の方が私よりも多く把握されているかと思われますが……」

「……私も、皆さまのような目立った特技はないのですが、一応皇帝陛下御本人から作った料理を褒めていただけましたので、それならお教え出来るかと思います。あ、申し遅れました、元七番目の妃のユニティス侯爵家のイレェイナです。もちろん料理の腕前は皇帝陛下に遠く及びませんが……」

その後も「元八番目の妃、九番目の妃の双子姉妹です！　顔の良さとスタイルに自信がありましたけれど、皇帝陛下はちょうど七歳下しか興味がありませんでしたので無駄でした！　お化粧の仕方とかファッションとかなら皇帝陛下ほどではありませんが得意ですぅ！」とちょっと自棄《やけ》気味に言われる。そして、

「十番目の妃でした！　何も特技ありません！　強いていえば珍しい二つの力を持っていますわ！『祝福』は【狙っている異性と同じ空間で半日以上、言葉を交わしていると相手が通常よりもドキッとしてくれやすくなる】で、『呪い』は【狙っている異性と同じ空間で半日以上、言葉を交わさないと知らないおじさんとかおばさんとかが出現して、いきなりキツめの説教をされる】です！　ほら珍しいでしょうっ!?　どうぞ対戦よろしくお願

いします!!」

え、それは……確かに珍しすぎる。しかも、彼女も自棄気味だったのでおそらく皇帝陛下にはほとんど効かなかったのだろう。可哀想《かわいそう》すぎる……。

というか、感情が荒ぶっている人もいたけれど、それでも全員凄《すご》い綺麗《きれい》な妃式挨拶だなぁ……勉強になる、と思わず、感心してしまっていた。

結果的に、私の目の前に元一番目の妃のラナスティアさんを除く二番目から十番目の妃の九人が並んだのだった。彼女たちは皆揃《そろ》って私に特技や長所をアピールした。つまりそれがどういうことかというと、

「今代の皇帝陛下は歴代で最も優れた『賢帝』と呼ばれる御方です。ならば、ソーニャ様も様々な知見に通じていた方がよろしいかと思われます」

「当然、妃教育では学べないこともありますからね！　腕が鳴りますわ！」

「もちろん、本日は実践形式での妃教育の時間であると理解しております。ですから、今日の私たちとの交流を通じて、そういった技能も追加でお教えできたらな、と皆で考えておりました」

ああ、なるほど……。どうやら、彼女たちはただ私と交流するだけでなく、自分たちの特技や長所を私に学んで欲しかったようだった。

それと最初に元二番目の妃がいきなり私に質問してきたのは、どうやら皇帝陛下が何で

も出来てしまっていたせいで、その『最愛』に選ばれた私も実は彼に近いスペックを持ち合わせた完璧人間なのではないかと、今の今まで疑っていたかららしい。

　けれど、そうではなかったと知り、「良かった、ただの人間だった」と皆で安堵してる状況とのことであった。……ああ、なるほどどうりで、先ほどから「皇帝陛下ほどではありませんが」という枕詞《まくらことば》みたいなものを皆揃ってつけていたのか……。

　その後、今まで様子見していた十番目以降の元妃たちも私に「私、他人を観察するのが得意です。皇帝陛下ほどではありませんけれど」、「盤上遊戯をお教え出来ます！　兄と皇帝陛下ほどではありませんけれど！」、「芸術品に関する知識は、お任せください！　皇帝陛下には及びませんけれど！」と、続いていく。

　彼女たちの言葉には、確かな熱量があった。その胸の内は私には分からない。けれどおそらく皆、見ず知らずの、そして最下位の妃であった私を少なからず応援してくれているのではないか、そのような気がしたのだった。

　そして、最後にひょっこりと、小柄な少女が私の前に歩み出てくる。

「――ねえ、鬼ごっこ、極めてみますか？　皇帝陛下以外の人からなら、大体逃げおおせますよ」

「え、鬼ごっこ、ですか……？」

　同年代に見える、山猫をイメージさせるような不思議な雰囲気の少女であった――が、ぽつりと、私に言った。すると、すぐさま他の妃たちが彼女を「べ、別に貴女《あなた》は良《よ》いのよ、二十五番目の妃ちゃん……」、「というか、正直あなたも妃教育受けた方がいいわよ、なかなかやばいわよ。将来、誰かと結婚する気あるの？」、「本当にあなたの実家の爵位、辺境子爵なの？　どんな教育方針なら、こんな育ち方するの？　逆に難しくない？？？」、「とにかく、あっちでみかんジュースでも飲んでいらっしゃい。野生に還《かえ》らずに大人しくしていてね？　ね？」と、声をかけながら別の場所に連れていったのだった。

「え、ええと、今の方は……」

「気になさらないでください、ソーニャ様。今の方は……ええと、そうですマスコット的なあれでございます」

「マスコット的なあれですか……」

「妃《きさき》の中で唯一皇帝陛下に善戦したのが彼女ですので、皆認めてはいるのですが……まあ、その」

元妃たちが、言葉を濁す。何故《なぜ》か凄いと認めてはいるのに人間扱いがされていない。謎であった。

なので、私も「まあ、その、皇帝陛下もパンダだと思われておりますので……」と、謎のフォローをするしかない。

とにもかくにも、話を進めるため私は「皆さま、よろしくお願いいたします」と声をかける。そして、元二番目の妃から順番に交流していくことを説明され、実践形式の妃教育に臨む。

基本的に私は談話室で、彼女たちと言葉を交わした。元二番目の妃と交流している際、周囲の妃たちも、「あら、知らなかったわ。たまに道端や実家の中庭で見たあの草って薬草だったのね」、「皇帝陛下もそこら辺の草を毟《むし》って、具合が悪い人にそのままむしゃむしゃさせたとお聞きしたのですが、なるほどそのような効果が……」と、私と一緒に頷《うなず》きながら学習していたのだった。

「ソーニャ様、舞台上舞踊は見たことがお有りでしょうか⁉」

「いえ、ありませんが……」

「そうでございますか！　ここで踊るのはあまりよろしくはありませんが、少しだけなら――ちょちょっ、二十五番目の妃のお方！　少し踊るだけでございます！　鬼ごっこはいたしませんわよ⁉　ステイステイ！」

元三番目の妃は、にじり寄ってくる元二十五番目の妃に対して臨戦態勢をとるのだった。

え、えぇ……？

「このカードと、このカードを捲《めく》ると犬、それに絶滅した無顎《むがく》類の間の抜けた魚になります。この二つが意味するのは――」

「なるほど、カードの組み合わせによって占い結果が変わるのですね」

「はい、捲るカードの枚数や意味の捉え方によって、様々なことを占うことが出来ます。たとえば、この国特有の占いですと、占って欲しい相手の二つの力を言い当てるものなどがあったり――」

元五番目の妃は、少しして「ソーニャ様の二つの力、お当てしましょうか？」と提案してきた。なので、私は全力で首を横に振ることとなった。

「――ソーニャ様の手料理なら、おそらく皇帝陛下の胃袋もイチコロだと思いますよ。私の手料理も喜んでいただけましたから」

「でも私、一応料理は出来ますが……その、当然宮廷料理人ほどでは……」

「いえいえ、私の時も宮廷料理人級の腕前は皇帝陛下の方でした。どちらかというと、素朴な味わいが好みということだったみたいで」

私は元七番目の妃から、皇帝陛下が「良かった」という料理の作り方を教えてもらう。そして、自分はある意味、彼の胃に負担をかけてしまっていたなぁ、ごめんなさい……と反省することになった。

その後も、私は八番目と九番目の元妃から今流行《はや》りの化粧方法を教えてもらう。そして、気が付けばもう夕方近くとなっていた。あっという間の時間であった。

「――それでは、次回は来週でございますね。本日はご協力いただきありがとうございました」

傍《そば》で、元妃たちの動向も含めて私を見守ってくれていたラナスティアが、終了の言葉を告げる。扉の傍で控えていた長身の侍女も頭に乗っている鷹《たか》と一緒に無言で元妃たちに頭を下げる。

一日中、沢山の人たちと会話して疲れた。けれど、あまりこういった体験は今までしてこなかったので、とても新鮮で有意義な時間だった。

本当に勉強になった。本当に楽しかった。今日は心からそう感じる日であったと思う。なので、皆に感謝の気持ちを伝えなければならない。最後に「皆さま、今日は本当にありがとうございました」と、大きな声ではっきりと言うと、彼女たちも「私たちもとても楽しい時間を過ごせました」、「知らないことばかりで、今回はかなり勉強になりました」、「応援していますよ、ソーニャ様」、「次は私の番からですわ！　お覚悟くださいませ！」と声をかけてくれる。

「また来週お会いしましょう、ソーニャ様」

「はい、必ず！」

元二番目の妃の言葉に私は、強く頷いたのだった。

――そして、最後の最後である別れ際に、突然どこからともなく現れた謎のおば様が「ちょっと、あんたァ！　もっとシャキっとせんかいねぇッ!!　本当にもー、しょうがない娘やねぇぇ!!」と、十番目の元妃に対してキツめの説教をし出したことで、「はっ、えっ!?　まさかこの部屋の中に……皇帝陛下が、潜んでいる……!?」と判明して全員に緊張が走ることになる。

そして叱られて涙目になった元十番目の妃を後目《しりめ》に、即座に皇帝陛下探しが開始されることになるのだった。

幕間　暗躍

日も沈み、夜のとばりが降りた。しかし、人の営みというものは、未《ま》だ終わらない。時が経る毎《ごと》に、文明が進む毎に人々の活動時間は増していく。

場所は、皇都の一画に居を構えるとある貴族の屋敷《やしき》。そこには、大勢の人間が集まっていた。

名目はただの夜会だ。しかし、実際はそれが宗教活動の集会であることは、参加してみれば一目瞭然であろう。

何しろ集まった者たちが口々に同じ言葉を口にするのだから。

――皇神《こうじん》教に繁栄あれ、と。

そして、流れる音楽と人々の声が入り混じる賑《にぎ》やかな夜会会場から離れた書斎では、中年の男性が暖炉や燭台《しょくだい》の明かりに照らされながら、どっかりと柔らかな椅子に腰かけて紙きれに静かに目を通している。

その体は見るからに肥え太っており、不健康極まりない日常生活を送っていることは明白であったが、しかしその表情には微塵《みじん》もその様子が表れていない。何なら若者よりも溌《はつ》刺《らっ》とした雰囲気を有していた。

彼は今まで会場で、信者たちと共にいたのだが、場所を移す必要が出来たため、今し方自身の書斎へと足を運んだのだ。

とある報告を聞くために。

「――なるほど。皇帝、いや『器』に不満があった信者の貴族たちがそのような行動を起こしたのだな？」

「はい、いかが致しましょうか？」

「なに、気にする必要はない。私としては、その主張は正当なものであったと思えるのだよ。仮に私にも後宮入りした娘がいたとしたら、同じように行動していただろう。責めることなど出来んよ」

「なるほど、流石《さすが》はマルメルク侯爵。寛大なお心に私たち信者一同感謝いたします」

信者である中位貴族が、恭しく跪《ひざまず》く。対して、「良い良い」と朗らかな声音で声をかける相手――マルメルクと呼ばれたその者は、今現在において皇神教の最高指導者の地位にある人物であった。

「しかし、マルメルク侯爵。器については、どういたしましょうか？」

器。それは皇神教において自国の皇帝であるエルクウェッドのことを指す。そして、どうする、とはどのような危害を加えようか、という意味合いを有していた。

通常、そのような思考には大抵の人間が至ることなどほとんどない。そして、それを実行しようとするなど、正気の沙汰ではないだろう。しかし、人は大義名分があれば、容易にその境界を越えることが出来る。

――たとえば、自身が崇拝する神を、単なる受け皿でしかない、その器ごときが冒瀆《ぼうとく》したのだと考えたのならば。

故に、

「無論、目に余る。神罰を下そうとも」

よどみなく、マルメルク侯爵はそう告げた。信者の貴族の目が「おお、ついに！」と輝く。

「その言葉をお待ちしておりました」

「私としても決断が遅すぎたように思えるよ。もっと早くに決意しておけばよかった。時に、君は先の後宮での一件を知っているかね？」

「もちろんでございます、あの器が、我らが神の力を用いて暗殺者を退けたとか」

「そうだ、それが『自身の力である』と国内外に喧伝《けんでん》している。実に嘆かわしい限りだ」

許すことなどできようか。そう、マルメルク侯爵は静かに怒りを見せるのだった。それを見て、信者の貴族も憤る。

「――近日中に実行に移します。可能ならば、明日にでも」

「いいや、我々がやったと勘付かれては意味がない。後日、器が隙を晒《さら》す機会に関する情報、その詳細について教える。正直に言ってまたとない好機だ。上手《うま》くいけば先の一件のような『事件』ではなく、『事故』として処理できるだろう。準備しておくとよい」

「なんと、それは素晴らしい」

信者の中位貴族は、にんまりと笑う。

「先に言っておくが殺す必要はない。今は手足と声を奪えば、それで良《よ》い」

「承知いたしております。安易に器を完全に壊してしまっては、主神がお宿りなさるための次の器を見つけるために、多大な労力を割かねばなりませんからね」

「分かっているのなら、良い。私は会場に戻るぞ？」

「はい。お時間を取らせてしまい、申し訳ありませんでした」

マルメルク侯爵は書斎から出ていく。

──八日後が楽しみだ。

心の中でそう呟《つぶや》きながら。

◇

同時刻、皇都に建つツィクシュ公爵邸でも、同じようなやりとりが行われていた。

「──なるほど、報告御苦労。こちらも準備が必要だな。下がりなさい」

柔らかな椅子に深々と腰かけ、ワイングラスを優雅に揺らす。

彼は今しがた、自室の薄暗闇にいた何者かと言葉を交わしていたのだった。

「まったく、陛下らしいといえば陛下らしい」

彼はわざとらしく大きくため息をつく。そして、先ほど受けた報告を思い出す。

「八日後、予定は変わらず、か」

彼の臣下である以上、今後の予定は当然ながら把握していた。そして、それが変わることがないことも、今自身が放った密偵によって知らされた。

ゆえにツィクシュ公爵は楽しそうに笑う。当日、必ず『予想通り』に『予想外』のことが起きるのだと。

「さて、お手並み拝見といたしましょう、陛下。今後、訪れるであろう明るい未来に──」

乾杯。

そう唱えて、彼は八日後が待ち遠しいのだと言わんばかりに、グラスを一気に呷《あお》ったのだった。

第三章　お忍びデート

あれから八日が経過した。

昨日は二度目の元妃《きさき》たちのもとへの訪問であった。そして一度目と変わらず、彼女たちと共に私は楽しいと思える一日を過ごしたのだった。

もちろんその際に私は、ラナスティアさんから習ってきたことを実践し、他の妃たちもそれをよく褒めてくれたのだった。そして日が経《た》てば経つほどに着々と皇妃となるための経験を積めていることを実感して、もっと頑張ろうという気持ちになる。といっても――

「昨日は災難だったな」

いつものように自室を訪れて、目の前に座っている皇帝陛下が、私にそう声をかける。

「まさか、元十番目の妃のストーカーが室内に潜んでいたとはな」

「……はい、昨日の最後の最後に見つけられて良かったですね」

「捕まえた時、貴様の方をなぜかこれでもかと睨《にら》みつけていたし、あのままだと危なかったかもしれんな」

先の事件で後宮が閉鎖されたことで、宮廷の一画で暮らすようになった元妃たちだったる。が、実はそこに忍び寄る魔の手があったのだ。そう、宮廷で働いていた若い役人の男である。

どうやら彼は、宮廷の廊下で偶然出会った元十番目の妃に一目惚《ひとめぼ》れし、その後突然の暴挙に出たのだ。彼女のストーカーを始めたようであった。

元十番目の妃側としても、廊下で偶然会った際に「完全無欠の皇帝陛下は駄目だったし、次はこういう将来性に期待できる男の人でも狙おうかなー、うふふ」と思っていたがために、どうやら彼女の『呪い』が発動したようであった。嫌な嚙《か》み合《あ》い方である。

そして、今日の妃教育が終わる直前に皇帝陛下が談話室に現れ、空洞が出来るように細工された本棚の中からそのストーカーの役人を引っ張り出したのであった。その後、謎のおば様にまたしても叱られて涙目になっている彼女を他所に、若い役人は為《な》すすべなく兵士たちに連行されていった。それが、今朝教えられた昨日の事件の顚末《てんまつ》であり、判明した限りの詳細であった。ちなみにストーカーの役人への事情聴取は今後も続くらしい。

「しかしどうやってお分かりになったのですか？」

「先週と昨日の二回、元十番目の妃の『呪い』が発動した。談話室に隠れられる場所はなかった。そして妃たちの中に偽者はいないことは確認している。なら、隠れられる場所を作ったと考えるのが妥当だ」

彼は「それに元二十五番目の妃も騒ぎになるのを避けて言わなかったようだが、先週にはすでに気づいていたようだ」と、言う。

「え、そうなのですか……⁉」

「私が入室した時に『多分本棚だと思います』と小声で言ったからな。あれは【自然体のまま日々を過ごすと、五感と身体能力が上昇しちゃうんだぜ】という『祝福』と【自然体のまま日々を過ごさないと、内なる野性味が爆発しちゃうんだぜ】という『呪い』を有している。有用ではあるがまあまあ、面倒な類の組み合わせだな」

「なるほど、そ、そうなのですね……」

といわれても、正直あまりピンとこない二つの力であった。野性味とは一体何だろうか……？　というか、二つの力の効果の言葉、砕けすぎでは……？　そういえば、他の妃が彼女に野生に還《かえ》るなと言っていた気がする。とにもかくにも大変な『呪い』なのだということだけは分かったのだった。

「あ、そういえば、誰も触れていませんでしたが、突如現れたあの謎のおば様は一体何だったのでしょうか……？」

彼女と話していてふと、思い出した。いきなり現れたので、驚いてしまって誰にも聞けなかったが、元十番目の妃の『呪い』によって、謎のおば様が二回も出現したのである。今思うと、あまりにも唐突で謎すぎた。本棚に隠れていたストーカーの役人もホラーだったが、あのおば様も色々な意味でホラーだった。そして私の問いかけに皇帝陛下は首を横に振る。

「さあな。目を少しでも離すと忽然《こつぜん》と消えるからな、あれらは」

彼は「私のときは中年男性だった。それと、妃選びの際のループ中に何度か正体を確かめようとしても駄目だった。だから知らん」と語るのだった。

「二つの力に起因する超常の類だろうな。そういうものだと割り切るしかないだろう。害になっているのは今のところ、元十番目の妃のみだしな」

え、えぇ、それは流石に怖すぎる……。

「そんな不思議なことが有り得るものなのでしょうか……？」

「二つの力としては強力な方だろうな、間違いなく。まあ、私としては貴様がそれを言うかとも思うが」

あ、それは確かに……。

皇帝陛下の言葉に思わず頷《うなず》いてしまう。おそらく確認されている中で最も超常的なのは、私の二つの力なのだろうな、と。

そして何より、彼にとっては私が起こしていたループが最もホラーであったのだろうな、と……。

「それはそれとして、個人的には私があの場に潜んでいるのではないかと思われていたことが、かなり心外だったな。そもそも元十番目の妃の二つの力の効果の内の『同じ空間』

とは、基本的に屋内においては『同じ部屋の中』を意味する。それを知っていて入ることなどせんし、不審者と同等に扱われたのも気に食わん」

「ああ、それは……その……はい、本当にすみません」

私も「もしかしたら皇帝陛下が妃の一人に変装して紛れ込んでいる⁉　それか窓の外にいるとか⁉」と思ってしまった一人なので何も言えないのだった。

「それで、皇帝陛下は先週の時と昨日、一体どこに居られたのでしょうか？」

「貴様から離れるわけにはいかんからな。かといって、私がいては交流どころではないだろう。――ゆえに決まっている」

彼は特に大したことのないように言った。

「護衛の兵士に扮《ふん》して、廊下に立っていた。室内に踏み込んだ時、兵士の恰好《かっこう》をしていただろう。気づかなかったのか？」

「……えっ」

自由過ぎる。彼もある意味ホラーであった。

その後、丁度良い時間となったため私は皇帝陛下と共に自室を後にした。しかし、今からおこなうのは妃教育ではない。

――皇帝陛下の公務である視察に同行する。

それが私の本日の仕事であった。ゆえに私は今、馬車に揺られながら、城の外に出ていた。それは久しぶりの体験だった。

「別に心配する必要はない。人とはそれなりに会うが、貴様の身分を明かす予定が無いからな。ただの私の同行者、娘、それが貴様の今日の肩書だ」

それはそれで、ハードル高い……。ただの同行者だとしても、それは『皇帝陛下の同行者』なのだから。

それゆえに不安な気持ちはどうしても出てきてしまうのだった。今まで私は妃教育を真剣に受けてきたつもりだ。しかし現状どうしても経験が足りない。それは何をもってしても覆すことが出来ない事実なのだから。

そう思っていると、彼は私の気持ちを察してくれたのか、わずかに笑みを浮かべる。

「おそらく、貴様の心配も無用になるだろう。何せ今日は――あの時の答え合わせの日だからな」

あの時。それはおそらく、二週間ほど前に、お互いに話し合った時のことだ。彼は言っていた。

――私を幸せにする方法を見つけたかもしれない、と。

そしてそれが、この後分かる。彼の言葉を信じるのなら、きっとそうなるはず。

「娘、楽しみにしていろ。無論、期待を裏切るつもりは毛頭ない」

その言葉に対して、期待を胸に抱きながら頷く。

ちなみに私たちが今向かっている場所はすでに彼から聞いていた。今回の視察先は、二つの力を研究する国立研究所である。

「先にも言っているが、そこの所長と話をする。定期的なものだからすぐ終わる。貴様は、別室で待っていろ」

「分かりました」

「そして、その後は――」

「その後は？」

彼は私の目を見て、楽しそうに笑う。

「秘密だ」

「はあ……」


研究所に着くと、私たちは馬車から降りる。その際に彼は手を貸してくれた。私は、一緒にここまで来た別の馬車から自分の顔見知りではない年若い侍女と侍従の二人が降りてくるのを見て、「ラナスティアさんとあの長身の侍女さんは来ていないんだな。あと鷹《たか》も」という感想を抱くことになるのだった。

まあ、流石《さすが》に外出する際はお供に慣れている人が同行するのだろうと思いながら、皇帝陛下と護衛の兵士たちと共に研究所の中に入る。

　そして、出迎えてくれた研究所の職員の人たちに促されて応接室に入ると「ここで待っていろ」と皇帝陛下に告げられたのだった。

「所長室に行ってくる。私だけで構わん。なるべく早く戻ってくる。周囲に十分気をつけろ」

「分かりました、いってらっしゃいませ」

　事前に聞いていたので、私は頷いて皇帝陛下を送り出そうとした。その際に、彼は所内まで同行している侍女に「あれを」と目配せを行う。

「此奴《こやつ》ならおそらく一人で着られるだろう。分からないと言ったら、手伝ってやれ」

「仰せのままに」

　若い侍女は一礼した。

「貴様は終わるまで部屋の外で待っていろ」

「承知いたしました」

　若い侍従も一礼する。

　それを見て私が「？」と思っていると、そのまま皇帝陛下と侍従は退室したのだった。

　そして、私と初対面の侍女だけが取り残される。

「ええと、あの、すみません……」

これは一体——そう聞こうとしたら、目の前の彼女が少し大きめの包みをテーブルの上に置く。そしてほどいて広げた。

それは馬車から降りた時から持っていたものであった。確かに一体中身は何だろうと思っていたけれど——

そう思っていると、丁寧な手つきで彼女は包みの中の物を手渡してくる。

私は、お礼を言ってそれを受け取る。そして、首を傾《かし》げることとなったのだった。だって、それは——

「……平民服？」

◇

「——はあ、なるほど。そのようなことがあったのですねぇ」

「ああ、本当に面倒なことばかり起きる。おちおち気も抜けん」

エルクウェッドは、書類の束が溢《あふ》れかえる雑多な室内で一人の女性と話をしていた。相手は三十代半ばの女性であり、この国の要職に就く一人である。

伸びた長い髪を右肩で雑にまとめ、目に大きな隈《くま》を作った細身の彼女は、白衣を身にまとっており、見るからに不健康そうな出《い》で立《た》ちであった。座ったままでもふらふらなので、明らかに体力の限界に近そうである。

彼は、「毎度自分を出迎えられないのも納得の不健康さだな」と思いながら話を続ける。

エルクウェッドの目の前の相手。そう、それこそが国立研究所の所長その人であった。

彼女は、「しかし、実にご無沙汰していますねぇ」と、間延びした口調で彼に話しかける。

「陛下とお会いするのはいつ以来でしょうかぁ」

「定期視察だから、三ヶ月に一度だ、ミミリエ所長」

「ああ、そうでしたねぇ」

思い出したように頷く彼女の姿を見て、彼は眉をひそめたのだった。

「所長、貴様、また寝ていないな？　そろそろ身体《からだ》を壊しても知らんぞ」

「ご安心ください、休日は一日中、寝ておりますので」

二つの力を研究する国立研究所の所長ミミリエ――彼女の『呪い』は、【休日は一日中ほとんど目を開けていられない】というものだった。

エルクウェッドは、「ほう」と、目を細める。

「ちなみに聞いておくが、貴様の前の休みはいつだ？」

「確か……十日前だった気がしますね？」

彼女は、とぼけた表情で、そうエルクウェッドに告げる。

故に、彼は心の中で「……もう駄目だな、これは。重症だ」と、呟《つぶや》くことになる。

「互いに多忙故、貴様と会う機会は少ないが、貴様の部下から報告自体はきちんと受けている。悪いが、次倒れたら、貴様を所長から外すことを検討する必要が出てくる。それは理解しているだろうな？」

「それは困ります。好き勝手に、研究が出来なくなってしまいますからねぇ」

彼女は、少し真面目な口調で「十分気をつけます」と、言った。

「まあ、いい。それで、研究は捗《はかど》っているのか？」

「相も変わらず、といったところでしょうかぁ。この前は『同一の二つの力の保有者を複数人集めて、その効果の差異を検証する』実験を行ったのですが、これがなかなか、結果が難儀なものでして——ああ、そういえば、先に三つほど皇帝陛下にお話ししておくことがありましたねぇ」

「何だ？」

「まず一つ目は、この論文にどうぞお目通しいただきたいということですね」

そう言われて、渡された論文の紙束にエルクウェッドは、さっと目を通す。

「——題目は『神々が与え給《たも》う『祝福』と『呪い』の相関関係について』、か。なるほど、興味深いな」

「はい。皇帝陛下に支持していただいている『神が自らの「祝福」と「呪い」を与えた者を見物して、面白がっているのではないか』という私の論をさらに考察し、補強する内容が、そこに書かれておりまして、実に面白いと思いました。しかも、それを書いたのは、何と公爵家の御令嬢だというのですから、驚きですよぉ」

「ん？　その御令嬢とやらは、もしや研究所に何度か足を運んでいる者か？　それと、常に扇を持って微笑を浮かべている？」

「おや、ご存じでしたか。そうです、確か後宮入りしていたと聞いておりましたねぇ」

どうやら、この論文を書いたのは元一番目の妃《きさき》のラナスティアであるらしい。

「なるほど、分かった。後で、よく目を通しておく」

「ご感想、期待しておりますよ。彼女にもお伝えしたら喜ばれるんじゃないですかぁ」

所長は、楽しそうに笑った。

「それで、次は何だ？」

「二つ目は、私の実験のご協力の依頼ですねぇ」

彼女は、時折、エルクウェッドに対して個人的な実験の依頼を行っているのだった。

彼の『祝福』は、現状唯一無二のものだったため、所長としては、時間があれば何が何でもデータを取りたいらしい。

「まあ、それは別に構わん。いつものことだからな」

「ええ、ご理解いただけて嬉《うれ》しい限りです。もちろん、皇帝陛下の『祝福』の詳細な情報については、他者に知られないよう、細心の注意を払っておりますので」

エルクウェッドの『祝福』と『呪い』は、一般的に公表されていない。

端《はな》から国の記録に存在していないのだ。

故に、国立研究所も把握していないのが現状であったが、しかしエルクウェッドは、その所長には個人的に教えていた。

何しろ、この国の者だけが有する二つの力について、現在のこの国で最も深く理解し、最も多くの情報を有しているのが、この所長であるからだ。

彼女は、自身の研究欲に正直であり、金や権力には全く関心を示さないという実に分かりやすい性格であった。

そのため、エルクウェッドは彼女を、幼い頃から世話になっていた宰相や将軍と同様に信頼することが出来ていたのだ。

「皇帝陛下の『祝福』は、他者の『祝福』や『呪い』の効果をどれだけ軽減させられるのか、まだ完全に分かっていませんからねぇ。今後も、是非とも実験を続けさせていただきたいと思っています」

「まあ、確かにそうだな。だが、一応ではあるが、かなり強力な効果のものであっても、私の『祝福』の効果が発揮することは分かっているぞ」

「……？　と言いますと」

「たとえるなら、何かしらの条件を満たすと世界が滅ぶ、みたいな『呪い』であっても、おそらく軽減させることができる」

彼女は、それを聞いて不思議そうに首を傾げた。

「皇帝陛下、そのような強力すぎる『呪い』は、未《ま》だ確認されておりませんよぉ？　多分、この先もそのような強力すぎる力を持つ者は現れないと思われますが？」

エルクウェッドは、「まあ、ただのたとえ話だ」と、彼女に対して気にしないように言ったのだった。

どうやらこの国で最も優れた研究者である彼女であったとしても、あの少女の二つの力は有り得ないと認識しているらしい。

そういえば、最初は自分もそう思っていたなあ、とエルクウェッドは、昔の頃を思い出すのだった。

「三つ目は、何だ？」

「皇帝陛下への御祝《おいわい》ですねぇ。――このたびはご結婚、おめでとうございます、皇帝陛下」

その言葉を聞いて、エルクウェッドは驚く。

「……貴様から、常識的な言葉をかけられるとは、まさか思わなかったな」

「私にも常識というものがありますよぉ。面倒なので、いつもはゴミ箱に捨てているのですが」

……やはり駄目だな、この女性は。感心した自分が馬鹿だった、とエルクウェッドは再度思うことになる。

「祝ってもらったところ悪いが、厳密にはまだ婚約という段階だな、今は。皇族の婚姻は、式を挙げて初めて認められる。このことは、法律に詳しい人間でないとまず知らんだろうが」

「そうなのですか？　そういえばまだ式は挙げていませんしねぇ。お招きいただければ、血を吐いてでも行きますが」

「本当に吐くなよ。……まあ、二、三ヶ月ほど後に予定している。来られたら来い」

流石に無理に招待は出来ない。

何せ彼女は、宮廷にある医療室の皆勤賞受賞者なのだから。自分のもとを訪れるたびに運ばれるのだ。そのため、こうしてエルクウェッドが視察訪問する、という形をとったのだった。まあ、その実、別の思惑ももちろんあるのだが――

エルクウェッドは、彼女が言っていた三つの内容を把握した後、いつものように尋ねる。

「――所長、時に聞く。貴様は、どんな時に『幸せ』だと感じる？」

彼女は、唐突に聞かれて不思議そうにしながらも即答した。

「当然、研究しているときですよぉ」

「だろうな」

彼は、もうすでに予想出来ていた。

「ずっと研究出来るのなら、この先結婚をしなくても構いませんし、死んでも構いません。それくらい幸せなのです」

「まあ、もうすでにその言葉を体現しているからな、貴様は」

エルクウェッドは、彼女の言葉を聞いて、「やはり、自身の『呪い』のデータを取るために、一ヶ月の休暇を取って死んだようにぐっすり眠り、三日目で生命の危機を覚えた部下の研究者によって無理やり休暇を取り消されて出勤させられた奴は、言葉の重みが違うな」と、思わず感心してしまう。

「あと、言い忘れていたが、入職試験に受かった際はラナスティアのことを頼む」

「ええ、あの子、見どころがありますからね。構いませんよぉ」

彼女は、言葉を続ける。

「実はあの子だけ入職試験を難しくしようかなと思っているんです。通常の試験だと、余裕で合格されそうで何だか悔しいんですよねぇ。それでも高得点だったら今後、上級研究員候補として待遇しようかな、と」

「それは別に構わんが、事前に本人からの承諾をとってからにしてくれ。いきなり試験内容を難しくされていたら本人も困惑するだろう。奴の試験勉強が無駄になる可能性が有る」

エルクウェッドの言葉に所長は、「ええ、そうしてみますねぇ」と楽しそうに笑ったのだった。


それから時間が少し経《た》ち、エルクウェッドは懐中時計の針を確認する。

「時間だな。視察の時期になったら、また来る。体に気をつけて研究しろ」

「ええ、分かりましたぁ。どうかお元気で、皇帝陛下。それと――」

所長は、人差し指を自身の口に当てる。そして、小声で言った。

「また、貸し一つ、ですよぉ？」

「貴様こそ倒れるたびに私に貸しが増えていっていることを忘れるな」

二人は、視線を交わす。

そしてその後、同時に仕方なさそうに肩をすくめたのだった。

◇

「――皇帝陛下、あの、本当によろしいのですか？」

「構わん。こちらもさっさと行くぞ」

私たちは、視察を終えた後、自分たちが乗ってきた馬車を見送る。その後、研究所内の敷地《しきち》を、人目を避けながら移動する。

私と皇帝陛下は、服装を先ほどまでとは別のものに替えていた。

どこからどう見ても、一般的な平民の恰好《かっこう》でしかない。

侍女に促されて私が着替えたのは町娘の衣服だった。そして、皇帝陛下もいつも間にか町にいる青年のような恰好をしている。しかも、どちらも目新しいデザインであったため、私としてはあまり見慣れず、少し落ち着かない。

「一応、皇都の若者の最近の流行を取り入れているから周囲から違和感を持たれることはないだろう」

「そうなのですね……」

相槌《あいづち》を打つけれど、内心私は戸惑っていた。いやだって、これは間違いなく――

「……申し訳ありません、皇帝陛下。確認させてください」

「何だ」

私は、先ほどまでの出来事を思い出す。

私と皇帝陛下は平民服に着替えた。そして、研究所に同行した若い侍女と侍従の二人は、どこかに姿を消した（※今思えば、背恰好が自分たちに似ていたような気がする）。その後私たちは、自分たちが乗っていた馬車を陰から見送った。つまりは、

「私たちが乗ってきた馬車には今、私たちに変装した侍女と侍従のお二人が乗っているということでしょうか？」

「そうだ」

彼はあっさりと頷《うなず》いたのだった。ゆえに私はさらに困惑が強まってしまう。え、それってだ、大丈夫なの……？　と。

「あの、これって私たち、もしかして勝手に抜け出したということでは……」

「いいや、所長には了承をもらっている。侍女と侍従の二人にもな」

「それ以外の方には……」

「当然、今日の護衛を任された一部の兵士も知っている。思った以上に快く送り出してくれたぞ」

ええ……。

「先に言っておくが、今回が初めてではないぞ」

「ええ……」

開いた口が塞がらない。驚くべきことに組織的な企みであった。しかも実績多数な感じの。

「ええと、その、本当に大丈夫なのですか……？　何か問題とかは……」

「あると言えばある。ないと言えばない。まあ、貴様次第だな」

つまり私が他者に打ち明けたら、問題あり……と。

なるほど……やっぱり全然大丈夫ではなかった……。

「……確か今日の公務は視察だと記憶しているのですが」

「正確にいえば、研究所の視察、そして皇都の街中の視察だ」

「な、なるほど……」

どうりで秘密だと言ったわけである。公に口に出来るはずがない。

私はその後、口を閉じて皇帝陛下の後ろをついていく。私ではこの状況をどうにも出来ないからだ。なので、こうなってしまっては観念するしかない……。

そして研究所の裏手の厩舎《きゅうしゃ》に着くと、繋《つな》がれた一頭の馬を皇帝陛下が引いてくる。

「娘、行くぞ。乗れ」

「分かりました……」

正直とても不安ではあるけれど、このままでは埒《らち》が明かない。腹を括《くく》り、ええい、ままよ、と私は皇帝陛下と共に、馬に乗ったのだった。

私と皇帝陛下は、二人だけで皇都の街に繰り出す。

当然ながら、護衛の兵士もいない。私と彼の二人きりであった。

私は彼の後ろで、流れる景色を眺める。この国は、大陸で最も栄えた国だ。大陸の中央部に位置し、様々な国と交流がある。ゆえにその最主要都市である皇都は当然ながら国内において最も賑やかな場所であった。

建ち並ぶ建物、綺麗《きれい》に舗装された道、そして行き交う大勢の人々が、私の目に飛び込んでくる。

確か最初に皇都を訪れたのは、八歳の時だった。その後の二回目は、今回の後宮入りする際。

どちらもあまり街中を見て回ることは出来なかった。一度目は、連続して五十回も死んでしまい、観光どころではなかったし、後宮入りする際もあくまで街中を迎えの馬車で通り過ぎただけであったから。

——だから、言うなれば本日こそが私の初めての皇都巡りになるのかもしれない。彼の言葉を信じるのならば。

「娘、しっかり捕まっているな？」

「はい、大丈夫です、皇帝陛下」

そう答えると、彼は「いや違う。今の私は皇帝ではない」と言うのだった。

「そうだな、いつもこういう時はエルウェルトと名乗っている」

「いつも、ですか……？」

「ああ、たまには、エルシーと名乗る時もあるな。女装時限定だが」

「じょ、女装時……？」

彼から予想外の聞いてはいけない返答をもらってしまい、思わず戸惑ってしまう。

「貴様の場合だとそうだな、この国では特段珍しい名前ではないし、そのままで構わんだろう。それとも、何か名乗りたい仮名はあるか？」

「あ、いえ、特にはありません。ソーニャでお願いします」

彼は、「そうか」と短く応じるのだった。そして、次に「私との関係性はどうする？」と問いかけてくる。

「関係性、ですか？」

「身分を偽るのだから最低限、設定しておく必要があるだろう。妻、妹、婚約者——まあ、この中なら婚約者が無難か。式も挙げていないし、兄妹《きょうだい》として振る舞おうにも、貴様の方は慣れていないから難しいだろう。それで良《い》いか？」

彼は「一応、要望があれば兄や弟、それに姉や妹としても演じられる。何なら父または母でもいいぞ」と何事もなく言ってきたので、私は「婚約者でお願いします」とすぐさま答える。そして、これ以上彼が変なことを真面目な声音で言い出さないうちに言葉をかけた。

「そういえば今は、どこに向かわれているのですか？」

「皇都の国立図書館だ」

彼は、「ほら、もう見えてきた」と私に、遠くの大きな建物の一つを指し示して教えてくれる。

「後宮にも図書室はあったが、こちらの方が収蔵された書物の数が遥《はる》かに多い。私も時折利用している」

「……それは皇帝陛下として、でしょうか」

「いや、もっぱらエルウェルトとしてだな。司書たちは多分私のことをエルクウェッドだと知っていると思うが」

「なるほど……」

どうやら本当に、お城を何度も抜け出しているようであった。それがどれほどの頻度かは分からないけれど……。

「それで、なにか読みたい本はあるか？　題名が分からなくてもジャンルがどういうものか分かればある程度は案内出来る」

彼は「司書の資格を有しているから閲覧に制限がかかっている書物も問題なく扱える。とりあえず、いくつか言え」と、そう、私に問いかけてくるのだった。

――私が、読みたい本……？

「貴様、読書が好きだと言っていただろう」

驚いて答えられないでいると、彼は「どうした？」と聞いてくるのだった。

「一時間だけだが、好きに読書してくれて構わん。この後も色々巡るつもりだから、悪いが時間が来たらその時は切り上げてもらうがな。まあ、何冊か借りるのも良いかもしれん。私の名を出せば、すぐに了承してもらえるだろう。あそこの司書たちは概《おおむ》ね知り合いだ」

彼は「以前、何冊も奇書を寄贈したら、謎に崇《あが》められるようになった」と困ったように語るのだった。

「まあ、とにかく思いついたら遠慮なく言え。特に無いのであれば、とりあえず貴様には生き物全般の図鑑でも薦めておくか。大半の頁《ページ》に挿絵がついているから、難易度としては易しめだろうしな」

その後「大衆小説は……一時間で読むのは難しいだろうから、そうするか」とひとり呟《つぶや》く。

しかし、私はどうしても言わなければならなかった。彼のためにも。

「あの、その……私、以前もお伝えしたかもしれませんが、図書館のような倒れやすいものが多いところにいくと……」

「棚の下敷きになって死ぬことが多い、か？」

「……はい」

私の返事に、彼は「そうか」と相槌を打つ。

「なら、貴様が本を読んでいる最中、側にいるとしよう。何か起こりかけたらすぐに助けてやる。周囲の人払いもしておけば、被害も最小限で済むだろう」

そして「実のところ、今日は月の中で一番利用者が少ない日だ。抜かりはない」と言うのだった。

「まあ、とにかく貴様は気にせず楽しめ。責任は私が持つ」

彼は、そう何事も無いように告げたのだった。

なので、私としても「はい」と答える以外にない。

「あの、皇帝陛下……」

「エルウェルトだ。何だ？」

「……本当に、ありがとうございます」

そうお礼の言葉を皇帝陛下に伝える。

彼は何も言わなかった。馬上では彼の顔は見えない。けれど、きっと笑っているように思えたのだった。

◇

図書館の中は、荘厳な造りでありながら、物静かで落ち着いて読書が出来る空間であった。

そしてそんな図書館から出てきた私は馬上で落ち込んでいたのだった。皇帝陛下に探してもらった図鑑に目を通してからである。そして、改めて驚きの真実を知ってしまったのだった。

「——も、物凄《ものすご》く衝撃的でした……そんな……本当にマンボウが私よりも死ににくい生き物だったなんて……」

私の呟きに彼が思い出したように応じる。

「そういえば蟬《せみ》の成虫にもまだ勝てていないな貴様」

「せ、蟬にはもう少しで勝てるはず、ですので……」

「——ちなみにだが、幼虫は二、三年地中で暮らしていることは知っているか？」

「……え。よ、よよよ、幼虫がですか……っ⁉」

「蜻蛉《とんぼ》の幼虫も水中で二、三年過ごすぞ」

「二、三年……そんな……」

そんなの、まるっきり勝てないではないか。ひどい。

「ず、ずるいです……。実はそんなに長く生きているだなんて……知りませんでした……」

私だって、地中や水中で生きられたなら、もしかしたらそれぐらい余裕で生存出来たかもしれない。敵も少ないだろうし、絶対そっちの方が安全だろう。

私は地上で生きているから、そうすることが叶わないだけで。多分……。

「まあ、それがヤツらの生存戦略だ。貴様は貴様で精進するしかないだろう」

「はい……」

私は、肩を落とす。

マンボウにも蟬にも蜻蛉にも裏切られてしまった。残るは甲虫《かぶとむし》だけれど、この流れだと絶対甲虫も怪しい。ああ、どうすればいいのだろう……真実を知りたいような知りたくないような……。

「私は、もう虫にも勝てないのですね……」

「おいおい、思い詰めるな思い詰めるな」

彼が、「必ず勝たせてやるから、死ぬな。頼むぞ」と懇願してきたので、虫の息になりかけていた私は「何とか……頑張ります……」と精一杯答えたのだった。

そして借りてきた図鑑（城に送ってもらうことになった）のことを思い出しながらも、皇帝陛下に声をかける。

「皇帝陛下……先ほどは助けていただきありがとうございました」

「エルウェルトだ。礼はもういらん。先ほども聞いたからな」

やはりというべきか、私が本を読んでいる時に突然本棚がぐらついてそのまま倒れてきたのだった。

すぐさま、皇帝陛下が変な声を上げながら本棚を受け止め、そしてその声に気づいた司書たちも「イヤーッ！　貴重な書物がァァー！　イヤーッッッ！！！」と必死の形相で挙《こぞ》って駆け寄ってきて何とか持ち上げ、そのまま本棚を固定し直すことに成功する。

結果的に少しばかり騒ぎにはなったけれど、私が死ぬことは無かったし、他の誰も怪我《けが》をすることは無かったのだった。

「あれは気に病む必要はない。誰でも起こり得る事故だった。しっかり本棚の脚を補強し直していたから、倒れることはもう無いだろう。ある意味、貴様のお手柄だ」

彼は優しくそうフォローしてくれる。そして「過ぎたことだ。気を取り直して次だな」と声を上げるのだった。

「皇都には民衆の憩いの場となる大広場が十二ヶ所存在する。そのうちの一つが、近くにあってな。今はそこに向かっている」

「そこには、何があるのでしょうか？」

「今日は奇術師が人を集めてショーを開催するということになっている」

なるほど。つまりは、

「そのショーを見学しに行くのですね」

「ん？　いや、違う」

彼は、特に大したことのない様子で言った。

「そのショーに参加する」

「……え？」

「──うわあ！　うわあああ!?　本当に来て下さったんですね、陛下!!　お会いできて嬉《うれ》しいです！」

「久しいな、師匠。ただ今日はすまないが、身分を明かせない。エルウェルトとして扱ってくれ」

「なるほど、またお忍びですか。分かりました」

「集客に貢献出来なくて悪いな」

「いえいえ、ショーのお手伝いをして頂けるだけでも十分助かります。いつも人手不足なものでして」

「何？　またなのか。いつになったらきちんと助手を育成するんだ？　貴様ほどの人気が出れば、我こそはという者が何人も出てきているのだろう？」

「弟子入りはもちろん受け付けておりますが……お客さん方は皆、皇帝陛下が助手だった時と比べてしまいますので……あまり、長続きはしないんですよ……」

「……そうか。それはその、悪かったな」

「いえいえ、お陰様で自分もこうして脚光を浴びることが出来ましたので、何一つ悪いとは思っておりませんよ。気長にやっていきますとも」

皇帝陛下が大広場に設置された簡易ステージの後ろで親しげに特に目立った特徴のない一般的な見た目の男性と言葉を交わす。

どうやら、彼も皇帝陛下のことを以前から知っているようで、話の内容から皇帝陛下の奇術の師匠であるらしかった。

「それで皇帝陛下……ごほん。ではなくて、エルウェルト君。彼女はどなたかな？」

「婚約者だ」

「えっ、それは本当かい!?　おめでとう！……ん、あれ？　今って確か後宮で妃《きさき》選びの最中じゃなかったっけ……？」

奇術師が、そのように疑問を持ち始めた。そして今更気付く。

――あ、そういえばこういう場合はどうするか決めていなかった……と。

私は、ちらりと皇帝陛下に視線を向ける。彼は真顔で言った。

「いや、間違えた。姉だ」

「すみません、妹です。兄がどうもお世話になっております」

私は彼の言葉をすぐさま訂正する。え、皇帝陛下……どうして、今私の弟になろうとしたのですか……⁇　えっ……と、そう混乱していると、奇術師も「結局どれなんだい？？？」と混乱する。

「う、うーん、いやまあ、この際何でもいいか。エルウェルト君のお連れさんなら、エルウェルト君同様に訳ありさんなんだろうしね」

と、彼は笑いながら、「今日はよろしく」と握手を求めてきたのだった。なので、私も「よろしくお願いします」と応じる。

「一応、エルウェルト君の師匠ということになっている新進気鋭の奇術師だよ。一応って言うのは、なぜか一度も教えていないのに、エルウェルト君が俺の奇術を習得していて助手として何度か働いてもらってるからなんだけど……ねえ、彼ってやっぱりタネとか仕掛けとかないタイプの超能力者なの？」

「ど、どうでしょうね……？」

私は、あははは、と愛想笑いをするしか無かった。絶対、私のループに巻き込まれたせいだからである。ごめんなさい。

「おい、師匠。そろそろ開演だろう、ここにいて良いのか？」

「ん？　ああ、そうだね。もうこんな時間か」

皇帝陛下が声をかけると、奇術師は懐中時計を確認する。

そして、「じゃあ今からショーを始めようか」と声を上げるのだった。

「エルウェルト君は、一緒に来てくれ。お嬢さんは、ステージの袖で少し待機していてね。もちろん、いきなりだから難しいことはさせないよ。俺が手招きしたらステージの中央まで来て、そこで立っていて欲しいんだ。後は俺とエルウェルト君で進行していくから……そういえば君って、奇術ショーを観《み》たり体験したりするのは初めてかい？」

「はい、どちらも今回が初めてです」

奇術師は、私の言葉に対して満足げに頷《うなず》き、にやりと笑った。

「なら、思う存分俺たちの奇術を楽しむといい。きっと素晴らしい体験になるはずだ。——なあ、そうだろう？　エルウェルト君？」

「ふん、当然だろう。行くぞ」

皇帝陛下も余裕の笑みを返す。そしてその直後、二人は、互いの片方の手のひらを勢いよくぞんざいに叩《たた》きつけ、ハイタッチを交わす。

その後、並んでステージへと向かったのだった。そして、二人して観客に対して恭しく一礼すると、奇術師がにこりと笑みを浮かべる。

「——さあ、皆様ご覧ください！　あっと驚く奇跡の数々を！　瞬き厳禁、今から行われる全てのショーが、あなた方の心を深く魅了することでしょう！」

奇術師が、高らかに大声で観客たちに宣言する。そして、その後次々と奇術が披露されたのであった。

たとえば奇術師が笑顔のまま手を振ると、黒のシルクハットが突然そこに現れて、こんこんと叩けば、沢山の白鳩《はと》がカラフルな風船を加えて飛び出してきた。

鳩が風船を空中で放す。その数秒後、パンパンと連続して風船が割れて、色とりどりの花びらが舞った。その落ちてきた花びらが、奇術師の姿を少しの間覆い隠したその直後、そこには黒のシルクハットとステッキを持ったスーツ姿の若い男性が立っていたのだった。

先ほどまでとはまるで別人。しかし、その顔立ちは先ほどまでいた奇術師そのもの。そう、一瞬のうちに早替わりをしたのである。彼は様になった所作で、再度一礼する。

「さて、紳士淑女の皆様方！　本日は数年前から時折助手として参加してくれている謎の青年、エルウェルト君がまたしてもお手伝いとして急遽《きゅうきょ》来てくれました！　歓迎の拍手をお願いします！」

その言葉に、「あ、謎の助手さんだ！」、「本当だ、謎の助手じゃん！」、「わーい！　得意技が人体切断奇術とプラナリア式増殖奇術の助手さんだ、わーい！」といった声が上がる。その後すぐさま盛大な拍手が沸いたのだった。

皇帝陛下は、片手を挙げてそれに応える。

「謎の助手だ。特技は、十分割に体を切られた後、十人に分裂すること。よろしく頼む」

その言葉に「良《よ》いぞーッ！」、「もっと増えろーッ！」、「おいそれって皇帝陛下と同じ特技じゃねーか！」と、観客から声が飛ぶ。もっと増えて良いんだ……。というか、これバレてない……？　大丈夫？？？

そして、皇帝陛下は観客たちの声に応えるように、頷く。

「では、とりあえず今から消滅したり復活したりする。ご照覧あれ」

そう言って、パンと手を叩くと、一瞬のうちに皇帝陛下の姿がステージから文字通り消えたのであった。

観客はどよめく。私も目を見張った。

その後、奇術師が、「あらあら」といった表情で代わりにパンと手を鳴らす。すると、同じ場所に皇帝陛下が現れたのだった。

彼は、驚く観客に対して真顔で告げる。

「実はこれ、半分超能力だ。多分な」

対して観客たちは「半分も……だと!?」とざわつくのだった。

「……とまあ、このように彼はすぐ俺のお株を奪ってしまって少しも気が抜けないので、今から助手に徹してもらいます。エルウェルト君も我慢してね？　毎度のことだけど」

「了解した」

そう言って皇帝陛下が、パンと手を鳴らしてまた姿を消す。

奇術師が、パンと鳴らし返して彼を出現させた。

「君ねえ……」

呆《あき》れた声で奇術師が言うと、観客の人たちがそのやり取りを見て「おい、茶番劇露骨過ぎんぞーッ！」とおかしそうに笑うのだった。

「ごほん、改めて次にいきましょう。それでは、エルウェルト君、準備はいいかな？」

「問題ない」

「それではいきなり定番の奇術に移った——おっと、いけない。本日はエルウェルト君以外にももう一人ゲストが来ていました。紹介します！　謎の助手のお連れの謎のお嬢さんです！」

そう言われて、奇術師が私に手招きする。

え、今!?　このタイミングで私が出ることになるの……っ!?

驚いていると、皇帝陛下も「大丈夫だ」と言葉を出さずに口を動かして手招きをする。

なので、私は恐る恐るといった様子でステージの中央に向かったのだった。

「彼女は、エルウェルト君の婚約者かもしれないし姉かもしれないお嬢さんです！　あ、もしかしたら妹さんかもしれません！」

私たちのせいでかなりあやふやな紹介となってしまった。

当然ながら、「ちょ、テキトーすぎるでしょ！」、「結局謎すぎるだろ！」、「年齢は見たところ十六歳というところか……そういえば皇帝陛下は七歳下しか興味が無かったはず……ん？　この組み合わせ、妙だな？」といった声が聞こえてくる。……ねえ、さっきから鋭い人たちがいて凄《すご》く怖いのですが……。

そして、どうやらそのまま進めていくらしい。

「とりあえず、奇術ショー自体が初見であるらしいので、彼女には心ゆくまで楽しんでもらうことにします！　ちなみに本音は、『あれ、この子、リアクション要員として丁度良いな？　やったぜ！』と思っていました！」

「ふん、此奴《こやつ》はかなりの強心臓だぞ。そう簡単にはいかんだろう」

「エルウェルト君いわく、どうやらなかなかに肝が据わっているお嬢さんのようです！　これは驚かし甲斐《がい》がありそうですね！」

「え、えぇ……」

どうやら、難しいことは頼まない。ステージの真ん中で立っていて欲しいという話には、そのような意図があったようだ。

いやまあ、確かにショーに出演するというのなら、自分はそれぐらいの役割しかこなせそうにないとは思うけれど……。

◇

そして、奇術師はその後、皇帝陛下と協力して本格的に大掛かりなショーを行い――私は終始、驚きと衝撃にぽかんとしている他無かったのだった。

一時間後、私は冷めやらない熱に浮かされながら、奇術師とは「楽しかったです」、「また来てくださいねー！」と言葉を交わして別れを告げる。

すぐ目の前で初めて見る奇術の数々を、私は体験したのだった。凄かった。びっくりした。衝撃的だった。私は、奇術ショーにすっかり魅了されてしまったのである。

そして、隣を歩く皇帝陛下に思わず尋ねてしまう。ああ、本当に――

「前に皇帝陛下の仰《おっしゃ》っていたとおり、本当に、十人に分裂出来たのですね……」

「いや、手品だぞあれは」

「でも、一人一人動きが違ったではないですか。最初はただ鏡を使ってそう見せているだけなのかと思いましたけれど……」

私が、皇帝陛下のことを「実は本物的なアレでは……？」と疑い始めると、彼は「はあ、違うと言っているだろう」と否定するのだった。

「あの奇術は、先程の奇術師が考案したものだ。流石《さすが》に分かっていると思うが、私たちがいたステージ全体が仕掛けの宝庫となっている。あの場でなければ、私は増殖出来んし、消滅したり復活したりすることも出来ん」

「そう、なのですね……」

正直あの場でなくとも、彼ならそういうことが出来そうだと思ってしまう。

「まあ、ステージの仕掛けを操りながらショーを行うにはかなりの技術を要する。今のところ、あのレベルのショーをまともに行えるのは奇術師本人と私くらいだろう」

彼は「何度も繰り返し本番をやらされたからな」と呟《つぶや》くのだった。

「それにしても貴様、先ほどの間は死ぬような目には遭わなかったな」

「あ、はい、確かに」

思い出すと確かにそうだ。あの場には観客が大勢いた。死に繋《つな》がる不幸が訪れるとすると、あの場にいた誰かが私を殺そうとしたり、もしくはステージの仕掛けの一部が壊れて私に降りかかったりとかであろうか。でも、結局起こらなかったのだった。昔、皇都に来た時は五十回ほども死んでしまったというのに。

彼はその事実を確認すると、「ふむ、良い兆候か？」と頷く。

「なら、念を押しておくか」

「？」

一体どういうことだろうか。そう思っていると、彼は立ち止まり、その後握った拳をこちらに差し出してきたのだった。

「この拳を見ていろ」

「え、はい」

彼はそう言うと、拳槌《けんつい》部分をもう一方の手のひらでポンと叩く。すると、一瞬のうちに拳の間から一輪の鮮やかな花が現れたのだった。

凄い。どうやったのだろう。私が「わあ……」と感心していると、彼は「触れるぞ」と、手慣れた手つきで私の髪にその花を留《と》める。

彼は「ふむ」と頷いた。

「悪くないな。似合っているぞ」

「あ、ありがとうございますっ」

私は彼にお礼を言った。彼にそう言われると、どうしてかとても嬉《うれ》しく思えたのだった。

対して彼は、私から顔を少し背ける。そして、「さっさと馬に乗るぞ、時間がかかると繋ぎ場の使用賃が嵩《かさ》む」と歩き出したのだった。

◇

「――おおっ、エルウェルトじゃないか！　久しぶりだな！　なんだ、お前暇してそうな顔してんな！　ちょっと寄ってけよ！」

馬から降りて皇都の大通りを少し歩くと皇帝陛下に、気の良さそうな中年男性が声をかけてきた。同時に食欲をそそる良い香りが、周囲からしてくる。

「ああ、久しいな。今から寄る予定だった」

「なら、何か食べていけ。お代はそうだな、いつも通り一曲弾いてくれればいいぜ」

「連れがいる。今回は二曲弾こう」

「むしろ願ったり叶《かな》ったりだな。そっちの嬢ちゃんも中に入ってくれ」

どうやら彼が話していたのは飲食店の店主であったらしい。促されて、皇帝陛下と共に中に入ると、室内は広々としていて清潔感があり、訪れている客数も見た限り何十人といた。

そして、奥の方には一台のピアノが設置されていたのだった。

「席は、演奏者用の席ならどこでもいいぞ」

「ああ」

よく見ると、ピアノの周りの席は誰も座っていない。演奏者用の特別席のようだった。

皇帝陛下に言われて私はそこの一つに座る。そして彼は「いつものを頼む」と店主に告げた。

「嬢ちゃん、これが品書きだ」

「ありがとうございます」

私がそれを受け取ると、「少し弾いてくる。座って待っていろ」と言って、皇帝陛下は服の袖を捲《まく》りながらピアノの方に向かう。私はその背中を見送りながら、呟いた。

「……ピアノ、弾けるんだ……」

「あ？　なんだ、知らないのか？　あいつの腕はなかなかのもんだぞ。来るたびに弾いてもらっている。あいつが弾くと客足が伸びるからな。多分、本職のプロか何かなんだろうな」

「……えっ、あ……そうなんですね、知りませんでした」

どうやら店主に聞かれていたらしい。……ああ、そういえば一人で楽団みたいなこと出来るって噂で聞いたことがあったようななかったような……。あと彼、他の人たちからは本職のピアニストだと思われてるんだ……。

「料理が来るまであいつの曲を聴いてやってくれ。多分、嬢ちゃんのために今日弾きに来たんだろうしな」

「あはは、そうかもしれませんね」

どうなのだろう。でも、もしもそうだったなら――凄く、凄く嬉しいな。

私は、流れてくる穏やかで綺麗《きれい》な旋律に目を閉じてしばらくの間、聴き入っていたのだった。

食事が終わり、店から出ると、歩きながら彼と話す。

「――皇帝陛下、ピアノ弾けるのですね。とても良かったです」

「エルウェルトだ。昔、成り行きで単独コンサートをやらされたことがある。まあ、今まで練習はそれなりに続けてはいたから、人前で弾ける程度の腕は保っているな」

「それに料理も美味《おい》しかったです」

「皇都の大通りは飲食店の激戦区だ。あの店は、数多《あまた》の競合する店がある中で今まで勝ち残ってきた老舗中の老舗でな。店主自体も元宮廷料理人として確かな経歴を有している。ピアノ演奏だけでなく、あの店では料理を教わったこともあった」

「なるほど、料理の師匠なのですか」

それは凄い。

「また来られる機会があったら行ってみたいなと思いました」

「ふん、行きたいならこの先いくらでも連れていってやる」

彼と共に繋いである馬の元に戻ろうとした時、ふと彼は「ああ、そうだ」と立ち止まったのだった。

「せっかくだから、流行《はや》りのデザートでも食べてみるか」

「どのようなものでしょう？」

「氷菓だ。東の山林諸国連合由来で味も良《い》いし、パフォーマンスとしても楽しめる」

「それは、ちょっと食べてみたいですね」

私としては氷菓自体食べたことがなかった。なので、どんな味がするのだろうかと、とても楽しみなのだが――しかしはて、パフォーマンスとして楽しめるとは、一体どういうことなのだろうか。

彼は「聞いた話だとおそらく彼方《あっち》の方で露店を開いているはずだ。少し寄り道するぞ」と言って、私もその後についていった。

少しして、通りに幾つも並ぶ露店の中の一つに私たちは、足を止める。

露店の店主は、愛想の良い老齢の女性だった。

客は誰もいなかったため、彼はそのまま「氷菓二つ」と注文する。

「とりあえず、貴様の分が先だ。私は後からもらう」

「分かりました。ありがとうございます」

彼にお礼を言って、老齢の女性店主の前に立つと、彼女はにこにことした様子で「はい、どうぞ」と、私に長い棒を差し出してくるのだった。

先端には、氷菓と思われる物がくっついていた。手で持って食べられるように円錐《えんすい》形の容器が氷菓と一体のような形となっている。

なるほど、こういう感じなんだ。初めて氷菓を見て、そう感心しながら円錐形の容器に手を伸ばそうとすると、老齢の女性店主はいきなり棒をくるりと回して、妨害を行ったのだった。え……？

私が容器に手を伸ばすたびに彼女は棒を不規則に素早くくるくる回す。

それによって円錐形の容器も逆さまになったり、横を向いたり、と色々な方向に向きを変えて私の手をすり抜けていくのであった。

……困った。氷菓を全く受け取ることが出来ない。

目を白黒させていると、老齢の女性店主が棒を回すのをぴたりと止める。

「あらあら、意地悪してごめんなさいねえ」

そして、ようやく私は氷菓を受け取ることが出来たのであった。

「あ、いえ、大丈夫ですので……」

そう言いながらも、私は「あっ、パフォーマンスってこれのことなんだ！　なるほど！」と今更ながら気付くことになる。

「こういうことだったのですね。ちょっと驚きましたけれど、面白かったです」

「なら、良かった。そして——次は私の番だ」

皇帝陛下は、極めて真面目な表情で、再度両腕の袖を捲る。そして、右手を老齢の女性店主に向かって差し出した。

「——手心は無用。正々堂々頼む」

その言葉に対して、相手のにこにこだった表情が一瞬のうちに引っこむ。

「——ほう、坊や。やるかいね？」

何故《なぜ》か、老齢の女性店主も闘争心剝《む》き出《だ》しと化した。口角を吊り上げ、獰猛《どうもう》な獣のような眼光を見せたのである。

彼女はゆっくりと皇帝陛下の眼前に氷菓がくっついた棒を差し出す。

張り詰めた空気が周囲を支配する。

両者は驚くほど真剣な様子であった。氷菓を受け取るだけなのに。

「娘、好きな時に開始の合図を出せ」

「分かりました」

私は神妙に頷《うなず》いた。何だろう、これ。ただ氷菓を受け取るだけなのに。

そして、その後、「……三、二、一、始め！」と声を上げると、熾烈《しれつ》な争いが幕を開けたのだった——氷菓を受け取るだけなのに……！

◇

「——先程はなかなかに激戦でしたね」

「ああ、予想以上の手練れだった。機会があれば、また手合わせ願いたいものだ」

まさか氷菓を受け取るだけなのにあんなにも白熱するとは思わなかった。二人の交わす熱い攻防戦に思わず拳を握っていたのである。

奥が深いなあ……と思いながら、私たちは繋いである馬の元に再度向かう。

ちなみに、近くにあったベンチに座って私たちは一緒に氷菓を食べたのであった。

とても冷たくてもちもちしていて頬が落ちるほどに美味しかった。ああ、また食べてみたいな。

若干夢心地な気分になりながらも、「次はどこに行かれるのでしょうか」と彼に質問しようとしたその時、不意に横から女性の声が私たちにかけられることになる。

「――あら、もしかしてあなた、エルシーなのかしら？」

その言葉に、皇帝陛下の足が止まる。

彼の視線を追うと、そこには物凄《ものすご》く美しい容姿の女性がいた。

ただ立っているだけなのに、どこか妖艶な雰囲気を有するその黒髪の女性。

一体誰なのだろう。それに、彼のことを「エルシー」と呼んだ。確か、その名前って彼が女装している時の――

「別に警戒しなくていいわ。ただ久しぶりに顔馴染《かおなじみ》を見て、声をかけてみただけだもの。やっぱりエルシーだわ。とりあえず元気そうね」

「ああ、貴様もな。刑期を終えたことは知っていたが、その様子だと再犯なく普通に暮らしていると見える」

「ええ、その通り。解放された時は、なかなかにシャバの空気が美味しく感じられたわね」

やはりお互いに知り合いであるらしい。しかし、どうにも二人の関係は親しいように見えない。

何となく両者、言葉の端にトゲがあるように感じられるのだった。

「すみません、この方は……」

「あら、今日はお連れさんもいるのね。デートの邪魔をしちゃったかしら」

「あ、いえ……」

返事をしようとすると、彼女はこちらに近づいてくる。そして、私をまじまじと見つめたのだった。

「ふうん、年は……そうね、見たところ十六歳前後かしら。割りかし真面目そうではあるけれど、どこかあなたと似たような感じがするわね。何か隠しているというより、不本意にもそうなってしまったという感じ？　二人揃《そろ》って常人ならざる『匂い』が出てて、穏やかじゃないわね」

そして彼女は、皇帝陛下に視線を向ける。

「あなた、こういう感じの子が好きだったの？　そういえば、七歳下なら誰でも良いって話だったわね？　あれ、本当だったのね」

そう問われるが、彼は取り合わない。平静なまま、口を開く。

「──悪いが、先を急いでいてな。あまり貴様に構っている時間はない」

「あら、つれないのね。少しくらい良いじゃない」

彼女は、その後「まじまじと見てごめんなさいね」と一歩下がるのだった。

「まあ、根掘り葉掘り聞かないであげるわ。可愛《かわい》い可愛い——私の愛弟子《まなでし》だもの」

そう言って、艶《あで》やかな笑みを見せる。

え、愛弟子……？

「私としては、汚点も良いところだがな」

対して、皇帝陛下は露骨に嫌がる素振りを見せた。

「娘、此奴《こやつ》は結婚詐欺師だ。長い間、皇都を騒がせた歴戦の古強者であり、数年前に私が捕まえたただの犯罪者だ」

「はあい、どうも初めまして、狙った獲物はたとえ他国の王族だろうと一週間で落としてみせる愛の狩人《かりうど》兼エルシーの師匠よ。あと、詐欺はもうやってないわ。だから元詐欺師ね」

彼女は、にっこりと笑って私にそう自己紹介を行うのだった。

「ちなみに【気持ちが落ち着いていると、嗅覚が鋭くなる】『祝福』と、【突然びっくりすると、視覚過敏になる】『呪い』を持っている」

「……え、ちょっとエルシー？　いきなり二つの力まで言わなくていいじゃない？　何でそこまで教えたの……？」

彼は、動揺する女性の言葉を無視した。

「若かりし頃に、自らの婚約者に借金を背負わされて雲隠れされたのを契機に、異性を激しく敵視して結婚詐欺を繰り返すようになったと思われる。その際に『男は狼《おおかみ》であり、自分はそれを狩る狩人である』という独自の思想が形成されており、それが結婚詐欺師としての技術を極める要因の一つとなったと考えるのが妥当であろう。この者は結婚詐欺を『聖戦』と呼称していたが、実際の宗教観念及び知識は、質疑応答の結果、リィーリム皇国人の平均値でしかなかった。――そして常に証拠を残さなかったがゆえに兵士の尽力も虚《むな》しく捕まることなく詐欺を続け、数多の未婚男性を絶望のドン底に突き落とした。それと現状二十代後半くらいに見えるが、単なる若作りに過ぎない。実際の年齢は――」

皇帝陛下がまるで調査報告書を読み上げるかのように無表情のまま淡々と言葉を続けるのだった。

「え、何⁉　何なの！　エルシー、あなた、私に恨みでもあるの⁉」

皇帝陛下に詰め寄る女性。彼は、同時に後退するのだった。

「特筆すべき点として、この者の話術は異性を籠絡することに極めて長《た》けている。試しに私が女装して他国の王族に使用してみたところ、相手の心を即座に掌握することが出来た。どうやら、狙った獲物は王族であろうと一週間で落とす、という言葉に嘘《うそ》偽りはなかったらしい――」

「あら、何エルシー、ちゃんと狩りは行っていたの？　やるじゃない。見直したわ」

先程から一転して彼女は、「以前、あなたのことを『獣に生まれ落ちた分際で！』と言ってごめんなさいね」と褒め出したのだった。

そして、その頃になると、皇帝陛下は流石《さすが》に言葉を止める。露骨に嫌そうな表情を浮かべるのだった。

「私としたことが、無意識に独自に作成していた人物分析を読み上げてしまった」

この者と話すのがあまりにも嫌すぎて、と。そう、つぶやくのだった。

意外だ。彼にも嫌いな人がいるんだ……。

そう思いながら、「ええと、分かりやすかったです！」とフォローを入れると、詐欺師の女性は「いや絶対嘘でしょう、それ」と胡乱《うろん》な目を向けるのだった。

「一応、断っておくがこの者が詐欺師だと知ったのは、後になってからだ。知っていたら、話術を教わろうなどとは思わなかった」

「私だって、あなたが男だって知っていたら絶対に教えなかったわ。あなたは獣で、狩人である私にとってはどうあっても獲物でしかないもの」

彼女は「お互い様でしょう？」と言うのだった。

なので私は納得する。

なるほど、確かにこの関係性なら、二人の仲が良《よ》いわけがない。むしろ悪くて当然であった。

「女装をして皇都視察をした際、色々と良くしてもらった恩があったから、別れ際に足を洗うように忠告したが……無駄だった。あの時は極めて残念な再会だったな」

「あの時は、あなたが皇族でしかも男だって知って本当に驚いたわ。少し『呪い』が発動しかけたくらいの。というか、何であなた女装なんてしていたの……？　意味が分からなすぎるわ」

それは確かに意味が分からなすぎる。理由が気になるけれど、あまり触れるべきでは無い気もするし……。

「ただの成り行きだ。女装くらい誰だってするだろう」

しません。絶対にしませんよ、皇帝陛下……。

私が「えぇ……」と思っていると、彼女も「？　ちょっと訳が分からないわ」と真顔で答えるのだった。

「まあ、昔の因縁はさておき、お二人は、今からどこに行くのかしら。見たところ、どうせ皇都巡りでしょう？　良ければ、幾つかデートスポットを教えてあげるわよ？　これも何かの縁だしね」

そして、私に近づいてきて耳打ちしてくる。

「――ねえ、良く聞きなさい。私が数多《あまた》の獲物を仕留めるのに使用した狩場の一つだから、そこでならきっとエルシーも手負いくらいには出来ると思うわ。流石に一度では射止めるのは難しいと思うけどね。そこで最初にすべきことは――」

「おい、そこまでにしておけ」

皇帝陛下が私と彼女の間に割って入る。

「十年あまりあった貴様の刑期が短縮されたのは、貴様自身の技術を悪用せずに、善用することを国に誓ったからだろうが。その誓いを破るつもりか？」

「あら、何も悪用なんてしてないわよ。前途ある若者の青春を後押ししているだけだもの」

「貴様の技術は十分有害だ。教育に悪い」

彼は「此奴は健全に育てる予定だからな」と唐突に教育ママぶりを発揮するのだった。

「ずるいわ。私だって、二人目の弟子が欲しいと思っていたのに。この子、多分素質あるわよ」

「有るか無いかと言ったら有るだろう。だが、駄目だ。私がママだ」

ママらしい。皇帝陛下が。

せめて、パパにしてもらっていいですか……？

そう戸惑いながら、二人のやりとりを聞いていると、自称ママの彼が、「とにもかくにも、こちらにも予定がある」と言葉を続けるのであった。

「この後は、知り合いの大道芸人の元に向かう。その後、路上演奏を行っている音楽家を見つけて、演奏勝負を挑む予定だ。次は、アクセサリーショップを見て、その次は掘り出し物市場に行く。最後は高台公園に行って、話をしながら皇都の街並みをゆっくり眺めることにでもしよう。――これでいいか？」

「ううん、まあ、悪くはない。悪くはないと思うんだけれど、あまり良いとも言えないわね。動物園には行かないのかしら？　他には劇場とかは？　博物館だってあるじゃない。デートや観光でも定番中の定番よ。正直あなたのプラン、移動が多すぎるわ」

「そういった箱物は次の機会にする予定だ。最初に街並みと人の営みを見せた方が、皇都の全体イメージが摑《つか》みやすいだろう。であるならば他者との交流も多い方が良い。移動の多さは馬を用いて少しでも減らす。それと国の施設には、後でいくらでも視察で行く機会があるからな。まあ、先に図書館には行ったが」

「そう。何にせよ彼女さんを楽しませられるのなら、それでいいわよ。お節介を焼いてしまって悪かったわね」

そう言って彼女は、「話し過ぎたわね。それじゃあ」とあっさりとした様子で私たちから離れるのであった。

「そろそろ行くわ。機会があれば、またどこかで会いましょう」

「また兵士を引き連れて会うことにならなければ良いがな」

私も彼女に「またお会いできたら嬉《うれ》しいです」と声をかける。

そして、彼女は手を小さく振って去っていったのだった。

◇

「――の予定ですって。聞き出したのは以上よ」

元結婚詐欺師の女は、エルクウェッドと連れの少女と別れた後、人気のない路地裏で、そう声を上げる。

「彼、あなたたちのことに気づいていたみたいだけれど――まあ、私が気にすることではないわね。ごめんあそばせ」

彼女は、手をひらひらと振って、「まあ、よく分からないけれど、頑張ってね。応援しているわ」と言い残して、大通りの雑踏の中に消えていった。

第四章　告白

あれから、皇帝陛下の師匠である女性と別れた後、私たちはいろいろな場所を訪れ、沢山の人々と交流した。

たとえば、大通りで大道芸を行う道化姿の芸人と皇帝陛下がコラボしたり、街中でバイオリニストと演奏勝負をおこなったり、その音色を聞きつけて何人もの音楽家が現れて結果的に即興の楽団演奏をおこなうこととなったり——

ちなみにその後は、アクセサリーショップや市場で色々なものを見て回った。皇帝陛下が売られている贋物《がんぶつ》や盗品をいくつか見抜いてしまい、近くにいた巡回中の衛兵に伝えた後、私にいくつか凶器にならなそうな形のアクセサリーをプレゼントしてくれたのだった。

——楽しかった。本当に楽しかった。彼と街中を見て回って。

ずっとにぎやかで、経験したことのないような騒々しさで、けれど不思議なことに何一つとして嫌ではない。そんな時間が、今日ずっと続いていた。

行く先、行く先、沢山の人々がいた。そして皆、一様に楽しそうに笑っていて、その中に私が含まれているのだ。正直、何もかも初めての経験だった。

私は、今まで可能な限り他者と関わらないようにしてきたから。私だけでなく他人まで不幸にしてしまうから。

けれど、反対に皇帝陛下は、ずっと今まで他者と関わるようにしてきたのだろう。私を見つけるために、より積極的に。そして、大勢を幸せにしてきた。

——ああ、良いなあ。素敵だなあ。

私は、そのことに気付いて、思わずそう心の中で呟《つぶや》いたのだった。

◇

時が経《た》つほどに日は傾いていく。エルクウェッドは、少女を連れて街中の中心部に造られた高台公園を訪れていた。皇城を除けば、皇都の街並みを最も見渡すことのできる場所である。そして日中、訪ねる場所はここが最後だった。

二人が居るのはいくつかベンチが設置され、周囲を木々や柵に囲まれているだけのあえてシンプルなデザインとなっている公園の広場。彼は懐中時計で時間を確認した後、目の前の少女の様子を窺《うかが》う。見晴らしの良いこの場から夕陽《ゆうひ》に照らされて広がる眼下の光景に彼女の視線は釘付《くぎづ》けとなっていた。

柵に手をのせて景色を眺めている彼女の姿を見ながら、彼は小さく息を吐く。

皇都に繰り出してから少女の様子を彼はずっと気にかけていた。今も、そして今までも確認出来た範囲では不満そうな顔は見られなかった。なら、今回のこの試みは成功したといってもよさそうだ。無論、少しでも嫌がる素振りを見せたら、すぐさま中断して城に戻るつもりであったが――

そう判断して、彼は少女に歩み寄り、声をかける。

「どうだ、景色は」

「はい、すごく綺麗《きれい》です。感動しました」

彼女は、「皇都って、こんなにも人や建物が沢山あって、凄《すご》いですね」と言って笑みをこちらに見せる。その言葉にも偽りは感じられない。おそらく本心なのだろう。何しろ皇城にいる時には見せなかった表情だ。

彼は心がじわりと温かくなるのを感じながら「そうか、なら連れて来てよかった」と言葉を返す。

「夜になると、街の中心部には明かりが灯《とも》る。夜景もなかなかのものだ。機会があれば、また連れてきてやる」

「ありがとうございます！　凄く楽しみです」

その笑みは、実にあどけないもので、年相応に見える。何度も時を巻き戻しているとは思えないほどに。

　彼はその笑みを見て、自分が同じ年の頃は何をしていただろうか……あ、そういえば暗殺されかけた後にブチ切れていたな……懐かしい、と内心思い出す。そして、すぐさま頭の片隅にその記憶を追いやるのだった。

「皇都の観光はどうだった？　楽しかったか？」

「はい！」

　彼女の屈託のないその笑み。エルクウェッドは、安堵《あんど》する。

　今日という時間、その時間だけはこの少女を幸せに出来たのだと。だから――

「娘、あの時の私の答えが『今日』だ」

　そして彼は目の前の少女に胸の内を打ち明けるのだった。

　約二週間前の宮廷にて、彼女と言葉を交わして、そして椅子ごと吹き飛んだ時――エルクウェッドは、本当の意味で理解した。目の前の、この少女のことを。

　同時に、その事実に驚愕《きょうがく》することとなった。

　――彼女は、趣味も特技も何も有していないのだ、と言った。

　――彼女が、半生の中で最も行ったことは死ぬことなのだ、と言った。

　それは、つまり――彼女は、常に何も出来なかった――ということになるからだ。

過去を振り返ってみれば、基本的に三日に一度の頻度でエルクウェッドは巻き戻ってい
た。

ならば、それは彼女が三日に一度の頻度で死んでいたことに他ならない。

きっと彼女は、その度に死なないように気をつけて行動をしていたのだろう。死に繋《つな》がる不幸を回避出来なければ、明日にはならないのだから。

実際に経験してみたからこそ、分かるのだ。彼女を襲うその不幸は、ちょっとやそっとで、回避できる代物ではなかった。片手間で回避できるほどに、彼女の有する『呪い』は生温《なまぬる》くはないのだ。一人で対処するには困難を極める。

なら、彼女は死を回避するために、必死になったに違いない。

だから、彼女は、ほとんどそのためだけに時間を費やすこととなったのではないか。

それに加えて、何か他のことをしようとすれば、必然的に死ぬ可能性が出てくる。

それを避けようとするならば――彼女は、文字通り何も出来ない。

それをエルクウェッドは、あの時、空中で椅子ごと横に三回転半しながら思考したのであった。

ゆえに、聞いたのだ。問いかけたのだ。語りかけたのだ。自分の当初の予想を遥《はる》かに超えて、壮絶な人生を送っているということが判明した、この少女に。

――好きなことはあるか？　何かしたいことはないか？　と。

彼女は、かつて嘘《うそ》でも読書を趣味だと言った。

なら、一応、一度でも読書の経験があるはずだ。けれど、

『――ええと、それはありますが、本棚が倒れてきて下敷きになって以降は、図書館などには行かないようにしています』

彼女の回答は、エルクウェッドが半ば予想したものであった。

やはり、彼女は何もしないのではない。何も出来ないのだ。自分の認識は正しかった。

そのことを確認して、エルクウェッドは、決意したのである。――『今日』という日を。

「娘、今後も貴様が行きたいところがあれば、いくらでも連れていってやる。思い付かないというのなら、私がいくらでも提案してやる。生憎《あいにく》自分の好きなように生きろとはいえんが、可能な限り貴様の望みを叶《かな》えてやる」

「皇帝陛下……？」

「今日のようにもしも本棚が倒れてきたなら、いくらでも私が受け止めてやる。仮に本が燃え出したら、私が何度でも消火してやる。とにかく、貴様は何も気にせず読書を好きなだけ楽しめばいい」

彼は、彼女に問いかけた。

「他にも、そう言ったことがあるだろう？　全て思い出せ」

――趣味となる以前に、諦めてしまい、趣味に出来なかったことを。

「前にも言ったが、私は、絶対に貴様を死なせることなどしない。だから――安心して貴様に、人生を楽しむ機会を作ってやる」

「……人生を、楽しむ機会、ですか」

「そうだ」

彼は、彼女を幸せにすると誓った。

しかし、その時は具体的にどうするのかまでは分かっていなかった。けれど現在、大まかにだが、方向性は定まっている。そう、こうだ。

「――娘、覚悟しておけよ。今後、貴様に生きる喜びというものを骨の髄まで叩《たた》き込んでやる」

彼女は、おそらく現在まで、『呪い』によって、ただ生きているだけのような形であった。

けれど、今後は違う。自分が変えてみせる。

何度も死んだことにより、彼女は、生の実感が乏しくなってしまった。なら、それを改めて教えていけば良い。エルクウェッドは、数多《あまた》の趣味を会得した趣味仙人であり、エンジョイのガチ勢である。

一人の少女の人生を華やかにするなど、造作もない。

人は死ぬために生まれたのではない。人生を楽しむために生まれたのだ。

彼は、今までの地獄のような日々で、そのように悟っていた。だから、

「もう一度、言う。いや、この先何度だって言う。貴様を一度として死なせない。貴様には、貴様以外の人間と同じような日々を過ごしてもらう。死ぬこともなく、一日が二十四時間しかない日々だ。無論、失敗したとしても、やり直しなど出来ない。その場その場で、挽回《ばんかい》するしかない。だがな、そういうものだ。人生とは、そういうものなのだ。そのやり直しが利かなくて、不自由な人生こそが、本来のあるべき姿だ。私たちは、限られたその時間の中で必死になって生きていくからこそ、より本気になれる」

それは、今までエルクウェッドが思っていたことであった。

彼は、何度もループを経験してきた。嫌というほど経験してきた。正気を失いそうなほどに経験してきた。

そして、彼は盛大にブチ切れた。

――いや、もう、ループは必要ないから。ちょっ、やめてよ。お願いだからね？　お願いだから。うふふふふ、良い子だからやめてね……？　うふふふふ。……くそが、いい加減にしろ、ふざけるなよ、チクショウめがッ!!　ブッ飛ばす！！！　絶対に泣かすからな!!!!

と。何度も経験したから知っている。時間のやり直しを強制されるのは、とてつも無いほどの苦痛であった。

そして、彼女もまた自分と同じような境遇にいるように思えるのだ。

今まで彼女は、死ぬことを強制させられていた。それで、人生が楽しめるはずがない。

生き物にとって、死ぬことというものは、どうあっても苦痛でしかないはずなのだから。

そう、たとえ、それに慣れることが出来たとしても――

「……申し訳ありません、正直なところ私にはまだよく分かっていません。もちろん、分かりたいと思っているのですけれど……」

「だろうな」

少女が心苦しそうに謝罪してくる。

常に幼少期から死を経験してきた彼女にとって、エルクウェッドの言葉はどうしても理解し難《がた》いものであった。

彼としても、それを理解している。けれど、そこで引くことは出来ない。

一度でも引いてしまえば、状況はこのままで、変えることなど何一つ出来ない。

だから、彼は「任せておけ。まずは――」と提案する。それは、

「急で悪いが手始めに、今から私は貴様のことを名前で呼ぶ。だから、貴様も今後は私のことを名前で呼べ」

だった。

彼は考える。とにもかくにも、まずは互いを深く信頼できるようにならなければならな

い。

そのために、お互いを名前で呼び合った方が、連帯感が生まれやすくなるだろう、と。

おそらく今までは、他人行儀すぎたのだ。

「――おい、ソーニャ」

発案者であるエルクウェッドが、自ら実践する。彼は、噛《か》み締《し》めるようにして、その名を呼んだ。

何しろ、その名前は、自分の伴侶となる少女の名前であり、今までの憎き仇敵《きゅうてき》の名前でもあるからだ。

だが、それは今置いておく。現時点で、重要ではない。

彼は「さあ」と、目の前の彼女――ソーニャに呼びかけた。

「私の名前を呼べ。私の名前は、エルクウェッドだ。さあ、呼べ」

対して、彼女は「ええと……」と、困ったような顔をするのだった。

「それは、その、申し訳ありません……恐れ多いです……」

「そういえば貴様、今日の偽名もまともに呼ばなかった。ラナスティアのことは名前で呼んでいたのにか？」

「その、はい……」

その返答は予想していた。

だから、彼は「そうか」と、相槌《あいづち》を打った後、告げる。

「名前を呼べないのならば、今から私は――女装する」

彼は、極めて真剣な声音でそう言った。

そして、彼の言葉を聞いた瞬間、ソーニャの表情が愕然《がくぜん》とした状態で固まる。

「こ、皇帝陛下……!?」

「違う、エルクウェッドだ。そして、貴様が私の名前を呼ぶまで、私は皇帝から女帝に肩書を変えることとする」

いきなり親しくもない赤の他人を名前呼びするのは、抵抗があるだろう。故に、彼は考えた。

なら、同性に見える外見になれば、多少はその抵抗を緩和することができるのではないか、と。何せ、少女の講師役となったあの女性に対しては、少女もある程度打ち解けることが出来ていたのだから。

「少しばかり待っていろ。今すぐ物陰で化粧をしてくる。何、違和感が出ないように完璧に仕上げてくるから心配は――」

「――エルクウェッド様っ！」

いきなり、ソーニャは元気よく彼の名前を呼んだのだった。

それを聞いて、エルクウェッドは、「まあ、悪くはないな」と、頷《うなず》く。

本当ならば、呼び捨てまでして欲しかったが、そこまで要求するのは、彼女にとって酷というもの。これでよしとしよう。

「貴様、やればできるではないか」

「いえ、その、危機でしたので……世間体の」

「危機？　この私に危機など訪れはしない。いくらでも防いでやるが」

「いえ、何でもありません……本当に本当にごめんなさい……エルクウェッド様……」

突然、目の前の彼女が、誠心誠意謝りだした。

彼は、内心首を傾《かし》げながら、「とにかく」と、声を上げる。

「もう一度、呼ぶぞ。聞こえているのなら、返事をしろ、ソーニャ」

「はいっ、エルクウェッド様……」

これで互いに名前呼びをすることができた。エルクウェッドは、満足げに頷く。

それとまあ、何だか、少しばかり気恥ずかしくなってきたが、気にはしない。今は、勢いが大事なのだ。

「これで、最初の手筈《てはず》は整った。次に行く」

「次、ですか？」

「そうだ」

エルクウェッドは、ソーニャにその次の方法を告げる。

「今から毎日、すべての日を何かしらの記念日とする。貴様には、私と共にどのような記念日なのか考えてもらうぞ──」

瞬間、ソーニャの顔に大きな困惑が浮かんだのだった。

「えっと、その……どうして、そのようなことを……？」

エルクウェッドは、答える。

「貴様には、今後、毎日のように楽しいと思える思い出を作ってもらう予定だ。そして、それを貴様の記憶に紐付《ひもづ》けさせる」

おそらく、彼女にとって、過去というものはあまり楽しいものとなっていないはずなのだ。

何故《なぜ》なら彼女は──

「貴様、たとえば過去の日のことを思い出す時、どのような思い出し方をする？　普通は『あの日は確か、何の日だった』というように思い出すだろう。なら、『あの日は確か、こういう死に方をした日だったな』という思い出し方をした経験が貴様には何度もあると、私としては予想しているが、どうだ？」

「それは……確かに、何度もありますね」

彼女は、驚いたようにエルクウェッドの言葉を肯定するのだった。

彼は「ああ、やはりな」と、呟《つぶや》く。

「貴様には、今後、常に『あの日は、こういう楽しいことがあった日だった』という思い出し方をしてもらうぞ」

異論は認めないと、彼は強く言うのだった。

エルクウェッドは、彼女を幸せにすると決めた。ゆえに、その人生を楽しく豊かなものに変えていこうと思っていたのだ。

そのために、死に関係することは、極力彼女から遠ざけなければならない。

彼女にとって、死は日常の一つだった。けれど、これからは他者と同じく非日常のものとしてもらわなければならないのだ。

「――ソーニャ、死ぬことを考えるな。生きることだけを考えろ」

エルクウェッドの思いはそのようなものであった。

彼は、目の前の彼女に、真摯に語りかける。

「仮にこの先どうしても死ぬことを考えてしまうことがあったら――私のことを思え」

そうしたら、すぐにでも死ぬことを考えられないようにしてやるのだと、彼は宣言する。

「私は、霞《かすみ》ではなく、趣味を喰《く》らって生きる趣味仙人のようだと他者から言われた経験がある。――ちなみに、最近のおすすめの趣味は、一人楽団を成功させることだ」

「……その、エルクウェッド様、それは普通の方が容易に出来る趣味なのでしょうか……？」

「ん？　いや、少し難しいかもしれんな。だが、やり方はきちんと教えてやる」

楽器をいくつか演奏出来るようになれば、割と誰だって出来る趣味なのである。根気さえあれば簡単だ。

エルクウェッドはそのように思いながら、話を続ける。

「とりあえず今日は、『皇都観光を楽しんで、しかもお互いに名前を呼び合っちゃったぞい！記念日』にする。何か他の意見はあるか？」

「……そのままなのですね」

「普通に、良《よ》いネーミングが思いつかなかった。貴様は何かあるのか？」

「私も、そうですね……すみません、特にはありません。思いつきませんでした」

彼女の言葉にエルクウェッドは、「なら、これで決定しておくか」と、決めるのだった。

割とぐだぐだな感じもしてきたが、きっちりしすぎると、義務感が増してしまう。とにかく、こういうのは少しでも楽しめればいい。正直自分で言っていてちょっとよく分からなくなってきたけれど。

そんなことを思いながら、エルクウェッドはふと、あることに気づいてしまう。

――ん？　あれ？　これって、もしかして、あれでは？　ラブラブカップルの思考では……？

と。

名前で呼び合うことを提案したり、毎日を記念日にしようと考えたり。しかも皇都観光と言う名のデートしちゃってるんじゃん、今日、と。

どう考えても、ラブラブカップルじゃん。初々しい恋人同士の思考のそれじゃん。

先程から、心がじんわりとしたりむず痒《がゆ》い思いになってしまったり妙に気恥ずかしい気持ちになっていたりして、何だこれは、と思っていたが……どうやらその正体がこれであったらしい。

「……ああ」

そうか。なるほど。

そうかそうか……。

今更ながらにして、そのことに気がつく。そして、彼女の今日の表情を思い出す。その直後、

「——ああァーッ！！」

突如、真正面から猛《たけ》るパンダに突進されたかのような勢いで、彼は悲鳴を上げたと同時に後方に予備動作なく吹き飛んだのだった。

そのため、それを見たソーニャが「エルクウェッド様っ!?　その挙動、まさか大掛かりな手品か何かですか!?」と、驚きの声を上げることとなる。

しかし吹き飛んで宙を舞ったエルクウェッドは、数瞬後、華麗に素早く地面にて受け身

を取る。

彼は、即座に衣服に付着した塵《ちり》を払うとそのまま何事もなかったかのように、真顔ですたすたと戻ってくるのだった。

しかし、内心は決して穏やかなものではない。

混乱の極みであった。

彼は、息を整えながら、自身の心理を客観的に分析する。

そして、戦慄した。

――馬鹿な、いつの間にか目の前の少女を好意的に見ている、だと……？　予想よりも、その段階に到達するのが早すぎる……。

と、そのように。

実はエルクウェッドはソーニャのことを愛しているかもしれないと、今までで勘違いすることがあったのだ。

彼女をどう幸せにしようかと考えている時。自分はこれほどまでに一人の少女のことを思い続けている。寝ても覚めても。少しでも気を抜けば何なら仕事の時さえ考えてしまう。あれ、これ恋では……？　少女のことが憎いと思っていたけれど、そういえば下町のおば様方も「うちら、酒飲んで帰ってくる旦那のことを憎いと思ったりするけど、愛してんのよ愛ぃ！」と言いながら、旦那さんの臀部《でんぶ》やら背中やらをバシバシ叩《たた》いていたし――まあ、そう思った数分後には「そんなわけあるか、チクショウメェェウ!!」と我に返って事無きを得たのだった。

その後に、ふと考えることとなったのである。

流石《さすが》に、一週間やそこらで初めて会った異性に対して好意を抱けるほど、自分はチョロくない、と。

エルクウェッドのメンタルは、特殊合金並みである。異性に対する好感度など、そう簡単には上がらないと彼自身、そう自負していた。

――けれど現在、彼女は自身の伴侶となったのだ。ならば、いずれ自分は、彼女を好意的に見ることになるのだろう。

エルクウェッド自身としては、それは別に構わないと感じていた。

嫌いな相手といても苦痛であるだけなのだから、好ましい相手といる方が、絶対に良いに決まっている。当然だ。だが、

――メロメロになるのだけは駄目だ。

彼は、そう固く決めていた。

簡単に言ってしまうと、彼は、自身が骨の髄まで尽くすタイプの人間であることを薄々ながらも自覚していた。

つまり、惚《ほ》れた相手をひたすら甘やかす可能性が非常に高いということだ。

いつしか自分の心が恋心に満たされてしまったなら――おそらく彼女のことを溺愛してしまうかもしれない。それこそ、どろどろのでろでろと言うくらい。

そして、しまいには気の迷いでそのすべてを何の躊躇《ちゅうちょ》もなく肯定してしまうかもしれない。皇帝だけに――

そう、それはつまり――最悪、彼女が死ぬことを許容してしまうかもしれないのだった。

正直言って、有り得ない話ではない。

何せ、恋心というものは予想できないほどに恐ろしいものなのだから。

彼自身、恋愛をした経験はなかったが、かつてループの中で西の平原大国の聡明《そうめい》な王子たちが女装した自身を巡って、自らの婚約者の女性に対して婚約の破棄を人前で宣言したことを彼はきっちりと覚えていた。

時に恋は人をおかしくする。予想もつかないほどに。故に。

……それだけは、何としても阻止しなければならない。

彼は必死に深呼吸を行って、何とか落ち着きながら、思考を巡らせる。

……いつだ。

一体、いつ、彼女に対する自分の好感度が上がるようなことがあった？

彼女の微笑《ほほえ》みを見て、ドキリとしたというようなベタなことは別に起きてはいな――いや、起きている。今日、起きた。そうだった。

――奇術師のショーの後に少女が見せた笑顔。

――今いる高台公園で先ほど見せた笑顔の数々。

それを見て自分の心は動いていないと思ったが、実際は違ったらしい。まさか自分自身の心に裏切られるとは――。

……え、というか、どうした自分？　もしかして本当にチョロいのか⁇　チョロチョロ皇帝なのか？？？

以前、趣味が死ぬことだと言われた時、あれは確かにドキリとした。違う意味でドキドキだったけれど、今日とうとう、自分の中の隠された好意が顕在化したようだ……まるで密《ひそ》かに蓄積していたダメージが一気に表面化したかのような……ああ、なるほど……。

そのように、エルクウェッドは考え、だが「いや、まだ手遅れではない」と結論付ける。

おそらく自分は、吊《つ》り橋《ばし》効果や、立て篭もり犯に人質にされて犯人に感情移入した時のような影響を、少なからず事前に受けている可能性が考えられる。その状態で相手と朝から夕方まで行動を共にしたのだ。自分が人間である以上、感情が高ぶって当然の状況である。

つまり、この好感度の急激な上昇は、一時的なもの。時間が経《た》てば、やがては落ち着くはず。

そう判断して彼は、大きく安堵《あんど》の息を吐くのだった。

「――危なかったな」

「え、えぇ……？　何が、でしょうか……」

ソーニャが、「正直もう手遅れでは……？」というような顔をするが、エルクウェッドは「大丈夫だ、問題ない」と、気炎を吐く。

そして彼女を幸せにする方法として、今この時彼は新たに一つ思いついたのだった。現状の対抗策と言っていい。

それは、彼女が有しているであろう自分への好感度を自分が有する彼女に対するものよりも早く上昇させる、というものである。

――彼女に惚れるよりも早くに、自分に惚れさせる。

それが出来れば、間違いなく彼女の幸せに一歩近づくはず。

故に、そう断じたエルクウェッドは、ソーニャを睨《にら》みつけた。

なるほど。やはり、彼女は、どのような関係となっても敵であるのは変わりないらしい。

――負けてなるものか。

そして彼は、即座に行動に移す。

おそらく意識していなかったとは思われるが、彼女は自分を一時的に惑わした。

昔から悪魔だと思っていたが、彼女はどうやら悪魔は悪魔でも、小悪魔の方だったらしい、と彼は納得することになる。

ならば、容赦は無用。隙など決して晒《さら》せない。

――いいだろう、受けて立つ。

そう考えて、彼は構えを取った。

それは、今までに修めた武芸の構えにあらず。しかし、必殺の威力を秘めた奥義とも呼べる一撃であった。

何せ現在この国の中では自分だけが行えるであろう切り札中の切り札であり、そもそもこれは人から教わったものではない。あの時は、習得のため魂を捧《ささ》げる覚悟さえ持っていた。己の尊厳のため何としても勝利を掴《つか》み取《と》らなければならなかったから――

そしてそんな彼が少女に対しておこなったのは立ち上がって両足を少し開き、両手を頭上に向かって上げる恰好。

そう。それは、すなわち――レッサーパンダの威嚇のポーズであった。

他者の好感度を上げる方法として、最も効率的なのは、『可愛《かわい》い』を提供することだ。

その点で言えば、レッサーパンダという存在は最強格である。

故に彼は小悪魔にレッサーパンダをぶつけたのだった。

そして、エルクウェッドは過去に、そのレッサーパンダに勝利している。つまりは、

「えっ？　はっ？　えぇっ!?――エ、エルクウェッド様!?　どうして本物より可愛い雰囲気になっているのですかっ!?　訳が分かりません、お願いですから今のものと先程の吹き

飛んだ時の手品の仕掛けをお教えくださいエルクウェッド様ーっ！」

数瞬後。当然ながら、ソーニャのそのような困惑の声が公園に響くこととなったのだった——

◇

ああ、わけが分からない。どうして、彼はいきなりレッサーパンダの威嚇ポーズをしたのだろうか……。しかも、かつて動物園で見た本物より可愛い感じになっているし……。

私が目を丸くして驚いていると、皇帝陛下——エルクウェッド様がすぐさま真顔になって、手を下ろす。

「——ふん、詰まらん真似《まね》をする。私と此奴《こやつ》の真剣勝負に水を差すな」

そう言って彼は、周囲に視線を向けるのだった。

私たち以外に誰かいたのだろうか。私も周囲を見回すけれど、見つけられない。しかし、

「——これは大変申し訳ございません。しかし、よくお分かりになりましたね、陛下」

そのような声がどこからともなく聞こえた。そして、その後にぞろぞろと様々な場所から人が現れたのだった。

木の陰や草むら、階段といった死角となっていた場所から——

皆が皆、特に不審な恰好はしていない。一般的な平民の装いであった。

そして、その中から、一人の男性が進み出てくる。前に一度、見たことがある人物であった。確か——

「ツィクシュ。相変わらず現場主義な奴だ。たまには部下に全て任せて、のんびりしていてはどうだ」

「いえいえ、上の者が率先して動いてこそではありませんか。部下としてもその方が、働き甲斐《がい》があるというものでしょう」

「いいや、それだと部下は上司の顔色を窺って動き辛《づら》くなる可能性が高い。ある程度采配を任すのも上の仕事だろう」

「……いやはや、現場主義筆頭の陛下がそう仰《おっしゃ》いますか」

ツィクシュ公爵はやれやれといった様子で、ため息を吐くのだった。

「陛下、ソーニャ様との視察中、誠に申し訳ありませんが、一度皇城にお戻りください。まもなく夜になります。皇都の中心部の治安は他と比べて良いとはいえ、日が暮れてしまえば出歩くのには少々危険が伴いますので」

「なるほど、そうだな。もう夜だ。帰るべきだな」

「ええ、そうでしょう。護衛は我々が行います。研究所から馬に乗られた後も、我々はお二人を護衛していたのですよ」

「ああ、知っている。知らぬわけが無いだろう？」

そう言って彼は、ゆっくりと私に近寄る。そして、隣に立つのだった。

「ツィクシュ。私はな、『趣味仙人』と他者から呼ばれている。知っているな？」

「？　はい、確かにそう言ったお話はお聞きしたことがありますね。何でも陛下が多趣味であることに驚いた者が、そう呼んだとか」

「そうだ、そして趣味仙人である私は、ソーニャに人生の楽しみ方を教えてやると先程宣言したのだ。この意味が分かるか？」

そう問われて、ツィクシュ公爵が「申し訳ありませんが、私には分かりかねます」と即答する。

「なら、教えてやる。今、帰ることは私にとって楽しくはない。そういうことだ」

「……なるほど」

相手の顔色がわずかに変わったのだった。表情を凍らせたような、冷たい色へと。

「以前、他国の者が、皇都を『眠らずの都』と称したということを耳にした。個人的にそう呼ばれることは悪くないと思っている」

彼は、眼下に広がる街並みを眺めながら、そう言った。

「この国は今よりももっと栄えていく。昼だろうと夜だろうと関係なく、日は常に昇っている。そのような国になれたなら良《い》いと思っている」

「……時には休むべきではありませんか？」

「そうだな。無論、休養も大切だろう。だがそれは──今ではない」

彼はまだ視察は済んでいないのだと、笑うのだった。

「ソーニャ、今晩は皇都中央部の東区画で、仮面舞踏会が開かれる予定だ。ちなみに、ただの舞踏会ではないぞ。野外仮面異種舞踏会という訳の分からんイベントだ。私はそこでいくつかの謎のエスニックダンスを踊って優勝を果たしている」

どうやら過去に謎の舞踏会で謎のダンスを彼は踊っているらしかった。なかなかに謎過ぎる。しかも、

「あとは西区画の方で、今夜限定の奇祭を行うらしい。現状、詳細を知っているのは地元住民とそこに勤める衛兵のみで、実は私も何一つ知らん。気にはならんか？」

それは……確かに気になる。謎尽くしだ。

私は、首を縦に振った。それを見て、エルクウェッド様は「よし、なら今から向かうぞ」と楽しそうに笑ったのだった。

「明日の妃《きさき》教育は休みにする。思う存分、夜更かしするぞ。いいな？」

私は、頷《うなず》いた。他ならぬ彼がそう言ったのだ。なら、気の済むまで楽しまなければならない。

「エルクウェッド様。私、夜更かしするの、実は初めてです」

「そうか。たまにはいいだろう。あと、夜更かし後は、ちゃんと栄養のある食事を摂《と》ることが大事だ。肌荒れの原因になってしまうからな。ママとの約束だぞ」

彼は「それと後で、おすすめの化粧水も教えてやる」とも告げる。

アフターケアもバッチリだった。だから、もうこれは思う存分夜更かしするしか無いだろう。ママの許しもあるのだから。

「お願いします」

「ああ、期待していろ」

私がそのようにエルクウェッド様と言葉を交わすと、ツィクシュ公爵は大きくわざとらしいため息を吐く。

「残念です、非常に残念です陛下。今晩はどうあってもお戻りにならないと、そう仰るのですね。今回の件は私の方でもみ消すつもりでした。それと、先ほど本物のレッサーパンダよりもキュートになられたことについても、この記憶は墓の下まで持っていこうと決意していましたのに」

「悪いが、連れ戻したければ強引な手段をとる以外にないぞ？　それに皇帝たるものレッサーパンダより可愛くなくてどうするというのだ？　何も恥ずべきものではない」

「――ええ、わかりました。後半はよく分かりませんでしたが」

ツィクシュ公爵は、軽く右手を挙げるのだった。

「陛下の許可が下りた。手段は問わん。何としてでも連れ戻せ」

彼の周囲にいた者たちが、次々と隠し持っていた武器を構え出す。

「これも我々の仕事です。ご容赦を」

そして、武器を持った者たちが一斉に私たちに向かってきたのだった。


しかし、エルクウェッド様に慌てた様子はない。同時に彼は、素早く指笛を吹く。

すると、すぐにそれに対する返事がくる。

──どこかの木の枝に止まっていたらしい鷹《たか》が、こちら向かって飛んでくるのだった。

あ、鷹いたんだ……！

今日はお留守番だと思っていたのに。いつも守ってくれる彼？　彼女？　の姿を見て、思わず嬉《うれ》しくなってしまう。

そして、さらに返事は続く。

──すぐ近くに設置されていた塵《ちり》箱の蓋が「バコン！」と大きな音を立てて、吹き飛ぶ。

その後、中から平民服の恐ろしく背の高い女性が素早く飛び出してきたのだった。

あ、やっぱり長身の侍女の人もいたんだ……。まあ、鷹もいるなら半ばその相方と化していた彼女もいるよね……。

その姿を見て、「というか、塵箱の中にいたの、普通に可哀想《かわいそう》だな……」と思っていると、終始無言を貫いていた彼女が、今この時ようやく口を開く。

「イィーッ!!」

野太い奇声のような、エルクウェッド様と同じく安心感のある変な声。

そう、今まで私たちを間近で見守っていた長身の侍女とは、かつてエルクウェッド様と後宮で戦った剣士の男性――ヴィクトルさんであった。

今まで一言も話さなかったのは、おそらくその正体を隠していたからである。ああ、全く知らなかった――

……。

……その、すみません、正直に言ってしまうとその姿を見た当初から、何となく気づいていました。その後すぐ確信に変わって、うわ、また女装してる……可哀想……って、思っていました。今まで言い出せなかったけれど……。

おそらく、再び侍女に変装していたのは、エルクウェッド様の指示なのだろう。

剣士の男性を私の護衛にしたい。しかし、後宮を襲撃した犯人の一人でもあるので、公には姿を見せられない。

ならもう一回女装させるか、ということなのだと思う。多分……。

以前より化粧の仕方が凄《すご》い上手になっていて、仮にその正体を知らなかったら彼のことを「謎の無言美人侍女」にしか思えなかったと思う。おそらく、エルクウェッド様にでもやり方を教わったのだろう。

まあ、背の高さですぐに彼だと分かってしまったのだけれど……。

ラナスティアさんも時折、「何だこのデカい美人侍女!?」と事ある毎《ごと》に二度見していたし。

鷹と剣士の男性は、そのままこちらに向かって殺到するツィクシュ公爵の部下たちを迎撃しにいく。

鷹は星やらハート等《など》のマークのシールを貼った鋭い嘴《くちばし》を。剣士の男性はお土産の木刀を彼らに向けて。

……どうやら彼らも皇都観光、ちゃっかり楽しんでいたらしい。退屈してなさそうで良かった。

今度は、一緒に見て回りたいな。それとラナスティアさんや妃教育に協力してくれた元妃たちとも観光してみたい。

そう、今後の未来に思いを馳《は》せながら、彼に声をかける。

「エルクウェッド様」

「ああ、行くぞ」

同時に争う彼らとは別の方向から、こちらに向かって馬が走ってくる。柱に繋《つな》いでいたはずだけれど、どうやら抜け出したらしい。凄い。あと賢い。

私たちは、駆け寄ってきた馬にすぐさま乗った。

その後、「あとは任せたぞ！」とエルクウェッド様は鷹と剣士の男性に告げ、一羽《わ》と一人は甲高い鳴き声と甲高い奇声を上げて、それに応えた。

「陛下が逃げた！　追え！」

ツィクシュ公爵の声が背中から聞こえてくる。けれどエルクウェッド様は、それを無視して駆け抜ける。彼の操る馬は、私たちを乗せて全力で疾走するのだった。

◇

――すぐさま、後ろから馬の足音がいくつも聞こえてくる。

「エルクウェッド様」

「ああ、対応が早いな。ツィクジュもなかなかやる」

楽しそうな声音で、彼は言う。

そして、いくつも必死な様子の大声が後方から聞こえてくるのだった。

「陛下！　お戻りください！」

「御身に何かあってはどうすることも出来ないのですよ！」

「本日は大変危険なのです！　夜ともなれば、流石《さすが》に我々も護衛し切る自信がありません！」

それは、明らかにエルクウェッド様の身を案じているような必死さである。あれ……？

「エルクウェッド様、あの方々は――」

「ああ。態度が紛らわしいが、本当に私を連れ戻そうとしているだけだぞ、あの者どもは」

「え⁉ でも、先程武器を構えていましたけれど……」

だから、正直に言って先程の場でツィクシュ公爵が刺客か何かだと思っていたのだけれど――

「私相手では、それぐらいやらないと効果がないと判断したのだろう。別に咎《とが》めるつもりはない。私が奴と同じ立場であったなら、間違いなく同じことをしているだろうしな」

「えっ、え、エルクウェッド様、もしかしてそれって……」

「そうだ、奴は善意で今、私たちを追っている。奴に加害の意思はない」

そう断言した。そして、「最初に『兵士が快く送り出してくれた』と言ったが、あれはおそらく奴の口添えがあったからだろう」と、話すのだった。なので、私はひどく驚くことになる。

「そ、そうだったのですか……⁉ わ、私、てっきり――」

「奴の『祝福』は【悪巧みしているような言動を取ると、実年齢より外見が若く見える】

で、『呪い』は【悪巧みしているような言動を取らなければ、虫歯になる】だ。そのため有り得んほど誤解されやすい」

その言葉に、私は「ああ……」と理解してしまう。

「奴と話すのはラナスティア同様に面倒でかなわん。まあ、忠臣かつ世話焼きな性格であることは知っているから、裏切ることがないことも当然理解している。今回に関してもこちらの意を最大限汲《く》んで最後の最後まで連れ戻そうとはしなかった。極めて良心的で、紛れもなく信頼のおける人間の一人だ」

ラナスティアさんを思い出す。確かに彼女も、後宮で私とエルクウェッド様の元に一番に現れた。なら、多分だけれど忠臣というのは本当らしい。

「ソーニャ。貴様も分かっていると思うが、本来ならば、奴の言い分が圧倒的に正しい。誤っているのは、私の方だ。その性格から奴とその部下が密《ひそ》かに我々を護衛するだろうと考えて、素性を隠しているとはいえ兵士も無しに伴侶となる者と共に皇都観光を行った。そして、そのまま夜も遊び倒す気でいる。そんな為政者、愚か者以外の何ものでもない。だが——」

彼は、躊躇《ちゅうちょ》なく言うのだった。

「そもそも人ひとり幸せに出来ない者が、それ以外の者たちを幸せになど出来るものか。私は常日頃からそう思っている」

それは、あまりにも力強い言葉であった。

「悪いが今回は、奴に泥を被《かぶ》ってもらう。いつもなら極力奴の手を煩わせることはせんように、行儀よく視察するところだが今日は御免被る。まあ、後で詫《わ》びを入れておくとするか」

「大変申し訳ございません、エルクウェッド様。私のために……」

「いいや、違う。今回は私のためだ」

そう断言する。そして、「貴様は、おそらく私を底なしの善人だと思っていそうだな」と彼は、言った。

「何も貴様を楽しませるためだけにこのような突拍子もないことを実行したわけではない」

「？　どういうことでしょうか、エルクウェッド様……？」

「今回の主な目的は、皇都観光だが、実はもう一つある」

彼は、「ほら」と愉快そうな声音で私に言った。

「——釣れたぞ。上を見ろ」

そう言われて、私は顔を傾けて前方の建物の屋根の上に視線を向ける。現在は高台公園を出てすぐ。そして立ち並ぶ建物の屋根には——こちらに向かって何かを投擲《とうてき》しようとしている大勢の人々がいたのだった。

その者たちの表情は皆、敵意に満ちているように見えた。何度も感じたことがあるから何となく分かる。あれはおそらく殺意に近い感情だろう。

「エルクウェッド様！　あれは……」

「皇神《こうじん》教信者の者たちだ。私たちが観光している時も様子を窺っていたぞ。ツィクシュやヴィクトルたちが目を光らせていたから、今まで大人しくしていたようだがな」

それが、姿を現した。日が暮れて薄暗くなってきた今が契機だと捉えて。

「奴らにはわざと今日の予定を漏らしていた。何か機会を与えてやれば本性を出すかもしれんと思っていたが、やはりな」

つまり、自身を餌にしたということであった。おそらくツィクシュ公爵がエルクウェッド様を連れ戻そうとしていたのも今日がこうして危ないのだということが事前に分かっていたからなのかもしれない。

「どうされるのですか⁉」

「問題ない」

彼は動じることなく私に告げる。

「こうなるだろうなと思って、別に助力を頼んでおいた。まあ、奴のショーの出演への対価といったところか」

屋根にいた人々が何かを投擲しようとしたその時——突如無数の花びらが周囲を埋め尽

くすかのように舞い上がったのだった。

それは、今日一度見た光景——奇術師の手品である。

一瞬、私たちの姿が花びらによって完全に隠れる。それにより、投擲は次々に失敗するのだった。

私たちが乗る馬は全力でその中を疾走し、彼らの投擲範囲から抜け出す。風に乗ってどこからか「何かよく分からないし、今はこれくらいしか出来ないけれど、後は何とか頑張ってね～！」と奇術師の声が聞こえてきた気がする。

後方では、ツィクシュ公爵の部下の一部が今起きたことに関しての対処を優先するらしい。追手の馬が減っていた。

花吹雪は凄かった。それに投擲した物が何か判別出来なかったけれど、直撃していたらどうなっていたことか、と私は息を呑《の》むことになる。一度危機を凌《しの》いだ。けれど、

「つ、次はどうしましょうっ。このままだと、また何度も狙われてしまいます！」

「無論、分かっている。ただ逃げ回るだけでは、以前の後宮の一件のようにはいかないだろう。まあ、害意があると分かった以上、次は、奴の元にでも向かうとするか。その方が手っ取り早い」

「奴……？」

彼は、実に意地の悪い声音で「前々から目をつけていた。首謀者かどうかは現時点では

分からんが関係があるのは明白だ。すぐに紹介してやる。ゆえに一旦、夜遊びの前に寄り道する。別の衣服やら追加の馬やら新しく用意する物が出来た。ついでに、あの結婚詐欺師も一応ヴィクトルに捜させて見つけたら拾っていくか。どうせ近くにいるだろうしな」

とそう言ったのだった。

え、結婚詐欺師のあの女性も……？　どういうことなのだろう――

「そういえば貴様、確か後宮で友人が出来なかったらしいな」

「え、まあ、はい、そうですが……」

「ちょうどいい。今から友達の作り方を教えてやる。誰が相手でも可能な驚くほど簡単な方法だ――」

◇

今宵《こよい》いつものように、マルメルク侯爵は自邸にて集会を開いていた。

いつものように信者を集めて、いつものように集まった富を貪る。

だが、今日は一ついつもと異なることがある。今日、マルメルク侯爵は信頼がおけて信仰心にあつく、なおかつ武の心得がある信者たちに命令して、自国の皇帝であるエルクウェッドを襲撃することとしていたのだ。

十日ほど前から馬を用いて皇妃となる少女と共に皇都内を移動するという情報を上位貴族の信者から密かに得ていた。どうやら、時折そのようなことを皇太子時代から仕出かしているらしい。不用心にもほどがある。

護衛に関しては、おそらく少数だが存在するはずであるため、細心の注意を払いながら実行するよう厳命した。

襲撃方法は具体的に指示しなかったが、決して殺さないように何度も強く言っておくことは忘れない。

ただの器とはいえ相手は皇帝。死なれては面倒であるし、そもそも器が完全に壊れてしまっては、別の器を探すのに多大な労力がかかる。それは避けたい。

とにかく負傷させて簡単に捕らえられる状況にしてしまえばこちらのものである。後はなんとでもなるだろう。

「――器の分際で、前々から身勝手に行動していたその報い。今日こそ受けてもらおうではないか」

マルメルク侯爵自身としても、腹に据えかねる思いであった。自分の思い通りにならないその存在に。だから、こうして決断したのだ。

数多《あまた》の功績は皇神ゆえの功績。エルクウェッドのものではない。しかも、此度《こたび》の妃選《きさき》びではどこの馬の骨とも分からぬ娘を伴侶に選んだ。どうやら神の品位を落とすつもりでいるらしい。それはすなわち冒瀆《ぼうとく》に等しい。断じて許しがたい。

本日、エルクウェッドはその自身が選んだ者と共に行動しているらしい。なら、その者とともに地獄に落ちてもらおうではないか。

そして今回のことで寝たきりとなった皇帝を彼は頭の中で想像する。

そうなったなら傀儡《かいらい》として実に用いやすい。そしてこのまま貴族の信者を増やして皇城内での影響力も少しずつ増やしていけば——ゆくゆくは自分が次代の皇帝にでもなれるのではないか？

そんなバカげたことをふと考えてしまい、おかしくなってひとり笑っていると、突然連絡が入る。どうやら上位貴族の夫人とその従者たちが屋敷《やしき》に訪ねてきており、自身と直接話がしたいらしい。

そのような予定、本日はない。しかし名を聞けば、なかなかの相手だ。信者として取り込むことが出来れば、かなりの利益が見込めるだろう。

そう考えて、マルメルク侯爵は集会の場に顔を出す。そして、相手と対面した。

その瞬間、表情が固まることとなるのだった。彼の視線は夫人に向いていなかった。侯爵との間にいたのは、夫人、そして侍女二人と執事一人。彼の視線は最後の執事に釘付《くぎづ》けであった。直接言葉を交わしたことはない。しかしその顔だけはよく知っていた。

「へ、陛下……!?」

「こうして面と向かって言葉を交わすのは初めてか、侯爵。しかし実に元気そうだな。ん？　どうかしたか？」

従者として夫人の後ろに立つ若い執事が、そう声を発する。

「ど、どうしてここに……」

「何を言っている。招待状を送ったのはそちらだろう？　貴様とは、いずれ腹を割って話し合いたいと思っていてな。こうして、話し合いの場を設けてくれたこと感謝するぞ」

「そ、そのようなつもりは何も……」

わけがわからない。なぜこのようなことになっているのか。本当ならば今頃――

「今頃、亡き者になっているはずなのにか？　それとも、怪我《けが》を負って身動きがとれなくなっているはずなのにか？　どちらだ？　道中、貴様の手の者から聞き出そうとしたが上手くいかんくてな。是非とも詳しく教えてもらいたいものだ。ん？」

執事は「ん？　ん？　ん？」と何度も聞き返す。ついでに、侍女の一人（驚くほど長身で美形）も「イ？　イ？　イ……？」と良く分からない声を上げた。

そして次に妖艶な雰囲気の夫人が、侯爵に歩み寄って、囁《ささや》くように問いかける。

「侯爵様。実は、今日皇都ではいくつもイベントが行われていますの。よろしければ、ご一緒に行かれませんこと？」

「あ、いいえ、私は……」

「ん？　ん⁇　ん？？？」

「そ、それは素晴らしいご提案ですね！」

マルメルク侯爵は、即座に首を縦に振るのだった。

夫人は「エスコートをお願いいたしますわ」と、手を差し出して、彼はガクガク震えながら、その手を取る。取るしかない。

「さあ、侯爵様？　今夜は皆で心ゆくまで楽しみましょう？」

「いや、その……正直……」

「ん？　ん⁇　ん！！！」

「イ？　イィ？　イーッ⁇」

「はい、喜んで‼」

即答する。危害を加えようとした相手が直接自分のところに乗り込んできた、という予想もつかないような事態に彼はどうすることも出来なかった。その様子を見て、もうひとりの侍女である少女は「うわぁ……思っていた友達の作り方と違う……」と呟《つぶや》いたのだった。

◇

——翌日。私がベッドから起きたのは、お昼前であった。

昨日は色々あって疲れた。けれど、それ以上に楽しかったのだった。

ツィクシュ公爵の部下と皇神教の信者たちの追跡を振り切った後、私たちはヴィクトルさんが捕まえるような形で連れてきた結婚詐欺師の女性（夕食中だったらしい）と共に、とある貴族の邸宅に向かった。そこは、皇神教の最高指導者である貴族の屋敷だったらしく、私たちの姿を見て、最高指導者の貴族は震え上がっていたのだった。

ちなみに、屋敷に訪れる前に私たちは着替えていた。

私と剣士の男性（後で合流した）は侍女服に、エルクウェッド様は執事服に、そして詐欺師の女性は、貴族夫人のような恰好に。どうやら、女性がかつての詐欺のために色々用意していた物らしいそれを着て（衣装のサイズはエルクウェッド様が調整してくれた）、私たちは屋敷になだれ込んだのだった。

……もうほとんど強制的な連れ去りのようなものであったと思う。エルクウェッド様は、驚くべきことに最高指導者である貴族を人質にしながら、そのまま野外仮面異種舞踏会に向かい、そしてなんと、その貴族とペアを組んで、そのまま飛び入り参加を果たしたのである。

エルクウェッド様が無理やりエスコートしながら二人は、見たことのないような謎のエスニックダンスをくるくる踊り、会場が「フゥゥー！　無貌のダンス神アゲイン!?　フゥウゥゥゥウーッ!!」と大きく盛り上がりを見せたのだった。

その後、剣士の男性が貴族を連れて、無理やり剣舞を披露している最中に、私はエルクウェッド様と共に踊る。初めて踊るダンスだったけれど、彼は優しくリードしてくれたのだった。

皆仮面をつけていて顔は分からない。けれど、私を含めて誰もが楽しんでいると心から思えた。

——その後は、お祭りに参加する。その正体は皆でトマトやらチーズやら爆竹やら、とにかく手当り次第のものをいくつもの陣営に分かれて投げつけ合うよく分からないお祭りだった。どうやら今回の開催が初めての開催らしく、エルクウェッド様も興味深そうにしながら貴族を盾にして、投擲《とうてき》物を防いでいた。

ついでに、人込みから迫りくる皇神《こうじん》教の信者やツィクシュ公爵の部下にトマトを投げて、牽制《けんせい》したりもしていた。ちなみに、私に飛んでくる飛来物は全て、剣士の男性が急に変な声を上げながら打ち落としてくれていたので、危ない目に遭うことはなかった。

その後、エルクウェッド様が「この陣営は統率がろくに取れておらんな。指揮するか」と言って、突然カリスマ性を発揮して、所属陣営の民衆を手中に落とす。そして鷹《たか》（舞踏会の時に合流した）を偵察に出した後、他の陣営に対して次々と奇襲を仕掛けて、それを尽《ことごと》く成功させる。たまに剣士の男性を特攻隊長として突撃させたり、陣営のリーダーのはずなのになぜか貴族と一緒にエルクウェッド様が突っ込んでいったりと、色々やりたい放題を尽くしたのだった。

そして、お祭りの終盤に差し掛かったころには、皇神教信者たちの襲撃は無くなっていた。どうやら、終始最高指導者の貴族とエルクウェッド様が一緒にいるせいで、「あれ……？　もしかして、この二人、本当は仲良しなの……？　ズットモなの……？」と思い始めていたみたいである。そんな勘違いあるんだ……。実際は、「ぎぃやあああァ!!」とエルクウェッド様の横で悲鳴を上げていただけなのだけれど……。ちなみに「よくも最高指導者であるマルメルク侯爵を！　許さ――フグゥゥ……」と、別の貴族っぽい人が祭りの最初の方でひとり襲い掛かってきたけれど、エルクウェッド様たちの手でトマトまみれになったまますぐさま地面に転がされていたのだった。

それと、無理やり同行させる形となった詐欺師の女性（実はツィクシュ公爵の密偵として雇われていた）も、今までびっくり体験の連続であったらしく、舞踏会やお祭りの最中、「うぎゃあああ！　目が、目がぁぁっ!!　というか、何で私もこんな目に遭ってるのよぉ!!」と『呪い』が発動して貴族と一緒になって悲鳴を上げていたのだった。可哀想《かわいそう》……。

翌朝、すぐに最高指導者の貴族と信者たちはツィクシュ公爵たちに捕らえられた。彼らは、私たちが危ない目に遭わないようにずっと連れ戻そうとしたし、私たちはその追手から逃れ続けてきた。なのに、結果だけ見てみれば、今回の事件は見事解決してしまっている。

ツィクシュ公爵は苦い顔で、「何なんだ、この人たちは……怖っ」といった様子で私たちを見ていた。ごめんなさい、私にも分かりません……。

そう、昨日のことを振り返りながら、いつものように自室を訪ねてきたエルクウェッド様と言葉を交わす。私の体調確認と共に昨日の状況説明をしに来てくれたのだ。

「──と、まあ、昨夜のあの者たちにはしっかり落とし前をつけさせるつもりだが、背後にいるであろう者たちもなかなか厄介だ。容易には尻尾を摑《つか》ませてはくれんだろうな」

あの終始「ぎゃぁあああァッ!!」と叫んでいた最高指導者を名乗る貴族が、自力で皇神教ということの国に適した宗教を興して、力を拡大させたとは考えにくい。入れ知恵をした者がいると考えるのが妥当だと、彼はそう判断していた。

「そうなのですね。心当たりとかは……？」

「あるにはある。だが、私の推測が正しければ、かなりの手練《てだ》れだな。常に他人を使って自分の手を汚す真似《まね》はせん。まあ、公の場に引きずり出す策は考えてある。その後は、一騎討ちだな」

「ええと、言葉通りの意味ではないですよね？」

彼は笑った。

「場合による」

場合によりますか——……。

「どうせ何もせずとも勝手にあちらから近づいてくるだろう。一つずつ綺麗《きれい》に片付けてやる。もののついでだ。貴様を幸せにするためのな」

いやそこは、私の方がついでになるべきではないかと思いますけれど……。

その後、「まあ、今は気にしても仕方がない」と彼は話題を変えるのだった。

「そういえば、今まで渡しそびれていたものだ。受け取ってくれ」

そう言って、彼は懐からある物を取り出して、テーブルに置く。

それには確かに見覚えがあった。何を隠そう私が実家から持参した小刀であったからだ。

ゆえに驚いてしまう。こんなにも早く返却してもらえるとは思っていなかった。受け取ると、私はお礼を言う。だって、この愛刀は私の小さい時からずっと共にしてきたかけがえのない存在だったから……。もしかしたら、戻ってこない可能性だって考えていた。けれど、こうして手元に返ってきたことがとても嬉《うれ》しかった。

「ありがとうございます、皇帝陛下……」

「持ち主に返しただけだ。廃棄するような下らん真似はせん」

彼は「まあ流石《さすが》に、簡単には抜けないように鞘《さや》はこちらで固定させてもらったがな」と告げる。

「今後、それはただの飾りだ。たとえ身につけていたとしても、護身用にも使えん」

「それでも構いません。本当にありがとうございます」

そしてうれしくなった私は彼に、この小刀には昔から沢山世話になってきたのだと、説明したのだった。

この小刀はいつも切れ味が抜群だった。何せ、一度しか使ったことがない新品も同然の状態に毎度戻ることになるのだから。だから、いつだって容易に私の命を奪ってくれたのだと、そう伝えた。

すると、彼の反応は、

「……おい、娘。やはり、その小刀捨てた方が良《よ》い気がしてきたぞ……」

「あっ」

彼は私の愛刀に対して、まるで呪われた禍々《まがまが》しいものを見るかのような目を向けてきたのだった。

「い、いつか不要となる日が来ると思いますので……捨てるのはどうかご容赦を……！」

私がついうっかりしてしまったことを謝罪すると、彼は胡乱《うろん》な目をこちらに向ける。しかし、「まあ、いいだろう」と視線を外す。

「必ずそのような日を、貴様に訪れさせてやるとも」

彼は、柔らかな瞳で私に告げるのだった。

第五章　幸せのために

──あれから一ヶ月が経過した。

私は、エルクウェッド様に連れられて、妃《きさき》教育が休みの日は毎日のように様々な場所を訪れることとなった。

流石に最初のような夜遊びはしなかったけれど、お忍びの状態で、また図書館に行って好きなだけ本を読んだし、前は行かなかった劇場に行って劇やダンスを鑑賞したり、サーカスを観《み》たり、動物園にも足を運んだりした。

彼は、驚くほどに沢山の娯楽の場所を知っていて、私はその度に驚くことになる。

しかも、彼は劇団の団長やサーカスの座長といった人とも知り合いであったらしく、親しげに話していたのだった。

そして、その度に頼まれ事をされては、それを易々《やすやす》とこなしていた。

それを見て私は、凄《すご》いと称賛することになる。

もちろん、その気持ちに嘘《うそ》偽りはない。

……いやまあ、流石にアヒルの顔をつけて真顔で舞台上で舞踊を披露したり、檻《おり》の中のレッサーパンダと威嚇勝負をした時は、どうしようかと思ったけれど……。

でも、空中ブランコに乗って、空を舞い始めた時は思わず拍手してしまった。

彼は、常に私に対して「何も考えずに楽しめ」と、言っていた。

なら、もういっそ開き直って楽しむしかないと思ったのだ……。

彼は何でも知っていたし、何でも出来る『賢帝』である。

けれど……それは、私が彼をそのようにしてしまったからであるため、時折、複雑な気分になってしまう。

私が彼を『賢帝』にした。してしまった。

……彼は、それを望んでいなかったかもしれないのに。

きっとこの国にとっては、彼が『賢帝』である方が良いのだろう。

けれど、そうなることを彼が望んでいたのかは分からない。

だって、彼は私が死ぬことを望んでいない。

時間を巻き戻すのを望んでいない。

――なら、『賢帝』にはなりたくなかったのではないだろうか？

私は、それをエルクウェッド様に聞くべきなのかもしれない。

だって、私は――もう少しで、この国の正式な皇妃となるのだから。

予定では、ちょうど一ヶ月後。今となっては、後宮は完全に復旧していて、そこで妃教育を行っていた。

元妃たちとの仲も良好だ。ラナスティアさん同様、私の大切な友人たちである。

それと、私は意を決して家族に手紙を送っていた。どのようなことを書こうかと最初は悩んだけれど、気が付けば今まで体験してきたことを沢山記していたのだった。後宮に来たときとは違い、今はエルクウェッド様に沢山のことを教わったから。楽しいことや驚いたこと、新鮮だと思ったことを幾度も体験した。だから、もう何枚だって書ける気がする。

私は着々と皇妃となるための道程を歩んでいる。けれど、常にエルクウェッド様のことが気がかりとなっていた。

彼は一体どう思っているのだろうか、と——

◇

気が付けば、あっという間に月日が経《た》ち、式典の前日となった。

まだ実感が伴わないけれど明日は、皇妃となった私を皆に披露する大事な日となる。

一応、結婚式も兼ねているらしい。

なので、明日をもって私は、本当の意味でエルクウェッド様の『最愛』となるのだ。

けれど、それでも——

「不安か？」

私の後ろから、そのように彼が声をかけてきた。

現在、私は明日に向けて準備や調整をしている最中であり、化粧用の部屋でエルクウェッド様に髪を結ってもらっている途中であった。

この後は、エルクウェッド様と共に式典に招待された私の家族と対面するスケジュールとなっている。

久しぶりに家族と会う。緊張していないといえば、それは嘘になるだろう。

「……はい、申し訳ありません」

「貴様は今までよくやってきた。なら、失敗するはずがないだろう？　まあ、ある程度の失敗なら、こちらでいくらでもフォローしてやる。安心して、本心を話せばいい」

彼は、「実の家族との会話なのだから、難しく考える必要はない」と、何一つ心配はいらないのだと、語りかけてくる。

彼は、出会った時からいつも優しかった。

彼は、いつも私のために何かをしてくれた。

だから、

「いいえ、実は今一番不安なのは家族のことではないのです」

「明日のことか？」

「いいえ、明日のことでもありません」

「なら、何だ?」

「今後のことです」

彼は、私の髪を手慣れた様子で梳《す》きながら、「話してみろ」と促す。

だから、私は今まで胸のうちにしまっていたことを彼に思い切って告げたのだった。もう可能なタイミングは今しかないのだろうから。

「この先私が死ななくなったら――エルクウェッド様は『賢帝』と呼ばれなくなってしまわれるのでしょうか?」

それは、彼に対してあまりにも失礼な問いかけだった。聞くべきではない質問だった。

けれど、それでも聞いておかなければならない。今後のためにも。

「私は、エルクウェッド様のおかげで、明日でちょうど三ヶ月連続の生存となります。もう蟬の成虫には勝っています。マンボウには、まだ負けていますが……」

そう、私はついに三ヶ月の生存が可能なところまで来ていたのだ。快挙である。

それもこれも、エルクウェッド様が、何度も死に繋《つな》がる不幸から私を守ってくれたおかげだ。

本当に、彼は命の恩人であった。何しろ、私を外に連れて行ってくれた時も常に私を助けてくれたのだから。

その度に奇声を上げたりや奇行に走ったりしていたけれど……。

でも、彼のおかげで常に新鮮で楽しい経験が出来た。

私が最初に死んだのは、初めて皇都に行くとはしゃいでいる時に馬車に轢《ひ》かれた時で、結局皇都に行くことを諦めるのに、十回以上死ぬ必要があって、それ以来、あまり色々な場所に行かないように気をつけていたのだ。

だから彼には、本当に感謝の心で一杯だった。

「でもそれだと、いつか限界が訪れるかもしれません」

彼は私のループに巻き込まれて、その後そのまま腐ることなく努力を続けた。

だから、『賢帝』と呼ばれるようになった。

けれど、今の状況だと、彼には他者より優れたアドバンテージが無くなってしまうのだ。

ループによって使用可能となる膨大な時間と、時間の巻き戻りによる擬似的な未来予知。

その二つが。

彼は、本当にそれで良いのだろうか。それとも、『賢帝』でいたくはないから、良しとするのだろうか。

私には、分からなかった。そして、彼の答えは――

「何だ、そのことか」

大したことではない、とあっさりとした口調で応える。

「なあ、ソーニャ。一つ聞く」

「何でしょうか？」

「――世界中の国の統治者の中で、棒の周りをクルックルする謎のエスニックダンスをプロ並みに踊れる者は、一体どれだけいると思う？」

「えっ」

予想外の質問だった。

そのため、私は固まってしまう。

え、それは一体どういうことなのだろうか……？　棒の周りをクルックルする謎のエスニックダンス⁇　どんなダンスなの、それ？？？　しかもプロ並み⁇⁇

混乱する私をよそに、彼は答えを言った。

「おそらく、十人もいないだろう」

「十人もいるのですか……」

「まあ、多分いるだろう。すでに数人、本場の大会会場で運悪く鉢合わせてしまったからな。そして、次に――頭を床につけて逆立ちしたままグルングルン回転する謎ダンスだ」

「頭を床につけて逆立ちしたままグルングルン回転する謎ダンス……？」

「そう、それだと、居ても一人か二人くらいだろうな。棒の周りをクルックルする謎のエスニックダンスと頭を床につけて逆立ちしたままグルングルン回転する謎ダンスを踊ることが出来る統治者は」

「棒の周りをクルックルする謎のエスニックダンスと頭を床につけて逆立ちしたままグルングルン回転する謎ダンスを踊ることが出来る統治者……」

常に荒ぶっていそうなイメージが、私の中に浮かび上がる。

彼は、さらに言葉を続けた。

「そしてそこに、腕を組んだ状態で腰を落とし、その場で足を高速でシュバシュバする民族舞踊も加えるとしたら――おそらく、世界中、誰もいない」

エルクウェッド様は、「私を除いてはな」と、楽しそうに笑うのだった。

「結論を言う。私は今後も常に『賢帝』で有り続ける。貴様が心配するようなことなど、万が一にも有り得ん」

彼は、「そういうことだ」と、断じたのだった。

私の不安をばっさりと切り落としたのである。

「……なら、エルクウェッド様は、『賢帝』になりたくないと思ったことはあったりしますか……？」

私は、思わずそう聞いてしまっていた。

彼は、それにもすぐに答える。

「いいや、無い。なれるのならなっておくべきだ。皇族として、この国のことを考えるのならな。だが――」

――あえて無理になる必要はないと思っている。

彼は、私にそう言ったのだった。

「私は、割と負けず嫌いでな。何事も手を抜かず、貴様のループに巻き込まれた時であっても常に毎回真剣に取り組んだが――それは、私だからそうしただけの話だ。まあ、なにが言いたいかと言うとだな、正直に言うと、私は――別にループに巻き込まれていなくとも、問題なく皇帝になってこの国を治めることが出来ていた。流石《さすが》に今ほどではないかもしれんがな」

彼は、目の前に置かれた鏡越しに、私に視線を合わせる。

「私は、一応、幼い頃から物覚えが良くて勤勉だという評価を受けていた。皇帝になった後は、先代の皇帝程度の治世は期待できるだろう、とな。だから、貴様のループに巻き込まれたことで本当に助けられたのは、実は一度きりだけだ」

それは、おそらく暗殺者に襲われた時の話だろう。

ああ、そうか。その一度きりだけなのか……。

「物事というものは、案外なるようになるものだ。だから、貴様が気負う必要はない。とにもかくにも、貴様はさっさと、他者と同じ時間の流れに慣れろ。今の貴様の時間感覚は、たとえるなら、空想上の長命種族に近いのだからな。貴様は、きちんと人間なのだろう？」

彼の言葉に私は、固まることになる。

「私が人間、ですか……？」

「それはそうだろうが。貴様は、いつ人以外の生き物になった？」

「……いいえ、前に私を人間とは思わないと言っていた人がいましたので」

私は、後宮で襲撃された時の暗殺者の女性を思い浮かべる。

私を心の底から恐怖し、嫌悪していた、彼女の目を思い出す。

おそらく、あれが本来の反応なのかもしれない。

私の実情を知った時の。でも、

「馬鹿馬鹿しい。貴様は、ただ死にやすいだけの人間だ。恐れて何になる」

彼は、そう何事もないかのように言うのだった。

だから、私はふと聞き返してしまう。

「そうでしょうか？」

彼は、肯定した。

「そうだ」

彼が放ったのは、たった三文字の短い一言。

けれど、その言葉に対して、私はいつの間にか、小さく笑みを浮かべていたらしい。

鏡には、私の緩む口元が映っていた。

私は、鏡越しに彼を見つめる。

いつしか、私の胸のうちは軽くなっていた。

――これもきっと彼のおかげだ。

そう思っていると、ふと鏡越しに彼と目が合うことになる。

「……」

「……」

私たちは、数秒見つめ合うことになる。

そして、

「アアーッ!!」

「エルクウェッド様!?」

彼は突然、私の背後でレッサーパンダの威嚇ポーズを行ったのだった。

……何故《なぜ》かここ最近、何度も彼はそれを行うのである。

おそらく彼の中でマイブームとなっているに違いない。

そして、レッサーパンダに負けないくらい、どうしてか物凄《ものすご》く可愛《かわい》い雰囲気が彼から出ているのだった。訳が分からない。

――もしかして、私も何かしらのポーズを取って、彼に返した方が良《い》いのだろうか?

最近、そう思うようになってきていた。

万が一、何かの合図の可能性もあるし。

なので今回から、意を決して現在の彼の真似《まね》をするべく、とりあえず私も彼と同じように、頭上に向かって手を上げてレッサーパンダの威嚇ポーズを行ってみることにした。

――直後、案内されて入室してきた私の家族が、私たちのしている謎ポーズを見て「？…？…？…」という顔をすることになる。

そして混乱した彼らも揃《そろ》って私たちと同じ謎ポーズをし始めて、さらに場の混乱が加速することになったのだった――

最終章　婚姻式典

――今日、晴れて式典が取り行われる。

そのため、宮殿の一部の区画である野外の大広場が一般開放された。

よって、大勢の民衆が、宮殿に押し寄せることとなったのだった。

彼らは、この日を待《ま》ち侘《わ》びていた。

――皆、気になって気になって仕方がなかったのだ。

人々は、前へ前へと進んでいく。

自らの目に二人の姿を焼き付けるために。

そう、歴代で最も優れた皇帝である『賢帝』エルクウェッド・リィーリム――そして、彼が選んだ、その伴侶の姿を。

そんな彼らを、周囲に配置された大勢の兵士たちが、目を光らせて、監視していた。

将軍自らが主導して、宮殿の警備を行っていたのだった。

少しでも怪しげな素振りをすれば、迅速に取り押さえると言わんばかりに、この日のために厳しい訓練を受けてきた兵士たちは、真剣になって周囲に目を凝らす。

以前の後宮での騒動によって、彼らにはもう油断など残っていなかった。

そうして万全な態勢で、式典は開始されることになる——

◇

「そろそろ時間だ」

待機室にて、白の礼服に身を包んだエルクウェッドは、隣に立つ同じく儀礼用の純白のドレスを着た彼女——ソーニャに声をかけた。

「はい、エルクウェッド様」

彼女は、しっかりとした声で返事をする。

「もうここまできた。悪いが、後戻りは出来ないぞ？」

彼が問いかけると、ソーニャは「分かっています」と、目を伏せるようにして頷《うなず》く。

「ここまできたのは、私の意志です。何も問題はありません」

彼女は、力強く告げる。

彼は「そうか」と、頷いた。

確かに、彼女がここに立っているのは、ほかならぬ彼女自身の意志であった。

何しろ、彼女は自らの『祝福』を利用すれば、いくらでも逃亡することが可能だったのだから。

けれど、結局そうはしなかった。

彼女は、エルクウェッドと共にいることに決めたのだ。

彼は、隣に立つ彼女の決意を静かに受け取る。

そして、その後、手を差し伸べた。

「行くぞ」

「はい」

ソーニャは、彼の手を取る。

それによりエルクウェッドは、思わず、反射的にレッサーパンダの威嚇のポーズを取りそうになったが、そこはぐっと堪える。

実は彼は昨日、予想外の反撃を受けており、致命傷になりかけたのだった。

故にまた反撃されてはたまらない。

それに、今はそのようなことをしている場合では無かった。

そう考えた彼は、今は余計なことを考えないように即座に頭の中でイメージトレーニングを始める。脳内で、自分と同じくらいの体格のパンダと全力で格闘しながら、彼はソーニャの手を引いた。

彼女は、それを見て小さく笑みをこぼす。

——そして二人は、その後、間も無くして大勢の人が待機する大広場へと向かったのだった。

◇

人々は、大広場に現れた皇帝とその伴侶の姿を目にした瞬間、声を上げた。

それは歓声だったり、怒号だったり、感嘆の声だったり、奇声だったり。

とにかく、様々だ。

けれど、彼らは皆揃って、少しばかり遠くに見える二人の姿を目に焼き付けていた。

それだけは決して変わらない。

大広場には、民衆だけでなく、他国からの来賓者や有力貴族たちや二人に個人的に招待された者たちの姿もあった。

もちろん、その中には前皇帝や宰相、将軍や国立研究所の所長やツィクシュ公爵、元一番目の妃《きさき》のラナスティアもいたし、過去のループで女装したエルクウェッドにメロメロになっていた敵国の王子（当然だけど居心地が凄い悪そう）等も出席していたのだった。

そして、ソーニャの家族も当然ながら招待されている。彼らは、「え、うちの娘が？やっぱり何で？？　超絶おかしくない？？？？」、「我が妹よ、最強か？？　人智《じんち》を超越している程度には最強か？？？」、「あらあら、皇帝陛下にはお義母様《かあさま》ではなく気軽に『ママーァ!!』って皆の前で、大声で呼んでいただきたいわねえ」と、式典の当日となっても揃って混乱していたのだった。

二人は、周囲の者たちに対して、笑みを向けた。

皇帝とその伴侶となる少女は、常に毅然《きぜん》とした態度で、優雅に歩く。

皇帝の立ち振る舞いは、常に堂に入っていたし、皇妃となる少女は、おそらくこれが初の晴れ舞台だというのに、何一つ緊張していなかった。

それを見て、大勢の者たちは、感心するように息を吐く。

人々は、若い二人に、この国の未来の姿を重ねたのだった——

◇

式典は、恙《つつが》なくおこなわれた。

特に何も問題は起きていない。

そういえば、「そうならないように、準備しているから安心しろ」と、エルクウェッド様が昨日言っていたっけ。

なら、きっと安心だ。彼の言葉は、いつだって正しいのだから。

私は、そう思いながら、隣に立つ彼の顔を見上げる。

私の手を取る彼の手は、とても優しく温かった。

彼の手に触れていると、心が安らぐような気持ちになるのだ。以前は、他人に触れることを躊躇《ためら》っていたのに、彼のことだけは平気になった。

だから、緊張も何一つしていない。

私は、彼のおかげで安心して、妃教育での成果を発揮することが出来る。

そうして、彼の期待にきちんと応えてみせるのだ。

「――それでは、最後に婚姻の儀をとりおこなわせていただきます」

そのように、目の前からしわがれた男性の声がした。

どうやら、気が付けば、いつの間にか式典は、最後のところまで進んでいたらしい。

集中していれば、あっという間の時間だった。

若干、夢心地の気分となりながら、私は、目の前の法衣《ほうえ》を身に着けた老齢の男性に目を向ける。

その老人は、今日のためにこの国に訪れた友好国の教皇だったはずだ。

このような式典を催したときは毎回、異なる宗教の最高指導者を招待して取り仕切ってもらっているらしい。エルクウェッド様いわく、「リィーリム皇国では国教を定めていない。二つの力のせいで宗教の影響が他国に比べて極端に弱くてな。まあ特殊な環境ゆえに、こうしている」だとか。

　豊かな白いひげを蓄えた教皇様は、私たちに問いかける。

「エルクウェッド殿、貴方は、病める時も健やかなる時も、ソーニャ妃と共に歩むことを誓いますか？」

　それにエルクウェッド様、しっかりと頷いた。

「もちろん、常に一緒だ。地獄だろうと、どこだろうと、私はソーニャと共にあることを誓う」

　そして彼は、私の目を見て、「当然、離れてなどやるものか」と、そう告げたのだった。

　――エルクウェッド様……。

　目を閉じる。次は私の番だ。

　私は、彼のことをどう思っているのか。

　きちんとよく考えて、答えなければならない。

　けれど、その答えはすでに――

「それでは、ソーニャ妃。貴女《あなた》は、死がふたりを分かつまで、彼と共に歩むことを誓いますか？」

　目を開けた私は微笑《ほほえ》みながら、自信を持って彼に告げる。

「はい。たとえ死んだ後も、エルクウェッド様とずっと一緒に歩んでいきたいと思っております――」

そう。今日という日を何度繰り返そうと、その答えは決して変わらない。

そのような気持ちで、私は答えたのだった。

そして、エルクウェッド様の反応は、

「……あ」

と、思った瞬間、私はあることに気がついてしまった。

――無意識のうちに、またやってしまった、と。

そう、自分の発言を反省することになる。

だって、それは――

◇

エルクウェッドは、隣に立つソーニャの言葉を噛《か》み締《し》めるようにして聞いていた。

次に、ソーニャと同じく柔らかな微笑を浮かべて、彼女に視線を向ける。そして、

「おい、貴様。――だから何度も何度も何度も何度も死のうとするなと言っているだろうがあぁぁぁぁッ!!」

そう、彼は、「まぁた性懲りも無く貴様ーッ！　おい！　貴様！　おい！　最近、鳴り

を潜めたと思っていたのに、ふざけるなよォ、アァーッッ！！！」と、彼女にしか聞こえない程度の小声を保ったまま器用にブチ切れた。

それにより、隣のソーニャも「あ、いえ、これはその違うんです……言葉の綾と言いますか、ええと、はいっ、間違えました申し訳ございませんエルクウェッド様ーっ！」と、小声で彼に謝ることとなる。

……とまあ、やはりと言うべきか、そのような感じで二人は晴れ舞台となる式典にて、結局締まらない最後を迎えることとなったのだった——

エピローグ

現皇帝エルクウェッド・リィーリムが、『最愛』を決めた後、人々はその伴侶となった少女について、数多くの推論を立てた。

——何故《なぜ》、五十番目の妃であった彼女が、皇帝に見初められることとなったのか。

そのことについて。

何しろ、後宮にて皇妃選びが始まってから、一ヶ月と経《た》たずして、『最愛』が決定したのだ。

かつて無いほどの異例の早さである。

そのため「歴代の皇帝は、基本的に二、三年かけて決めていたというのに、なんてスピーディーなんだ、流石《さすが》陛下だ」と称賛の声も有れば、「えぇ、早くなぁい……？」という困惑の声もあった。

しかも、それは順当に考えておそらく二十八番目の妃と行動を共にしている時であるのだから、話題にならない方がおかしい。

皇帝の彼が、五十番目の妃とまともに言葉を交わす機会など、後宮入りした当初の顔見せの一回だけであるはずなのに。

まさか、その一回で彼女に決めていたのだろうか。

不意に一目惚《ひとめぼ》れをしてしまって――

そのような声を上げる者もいたが、しかし、ある者はいいや違うのだと、異を唱えた。

おそらく、皇帝と五十番目の妃は、以前から顔見知りであったと考えている者たちだ。

幼少期から互いに愛を誓い合っていた仲だから、迷わず彼女に決めたのだと。ロマンチックでは無いかと。

けれど、さらに前述したその二つに対して異論を投げかける者もいた。

――てか、単に、皇帝陛下が、年下好きなだけだったんじゃね？

と。

皇太子の頃から、どうやら宮殿内では、皇帝の彼が七歳下の者を男女構わず好んでいたという噂《うわさ》が流れていたらしい。――なら、そういうことでは？　ということであった。

そして、少しばかり時間が経てば、次第に三番目の説が最有力候補となっていく。

現在の皇帝は『賢帝』と名高く、彼の選択は常に正しかった。故に、彼女には何かあるのだろうと考えられていたが、しかし、如何《いかん》せん当時は大した情報も出ていなかったため、人々は娯楽性の高い説を推すようになっていったのだ。

何かその方が面白そうだから、と。

よって途中から現れた「もしや、二人の『祝福』と『呪い』が、何か関係しているのでは？」という、ごく少数が発した意見は瞬く間に流されて消えていく。二人の『祝福』と『呪い』が、未公表であったことが一番の要因だろう。

――そうして、人々は皇帝となった彼と皇妃となった少女について、様々な噂を立てながら、一ヶ月後の式典を待ったのだった。

そして、彼らはついに、二人の姿を目撃する。

その後、彼らは「なるほど、何となく分かってきたぞ」と、納得するのだった。

皇妃となった少女は、大勢の者に囲まれても、そして海千山千の権力者たちから言葉をかけられても、何一つ物怖《ものお》じすることなく、自然体を貫いていた。

さすがに肝が太すぎる。

本当にあれが、男爵家の娘なのだろうか。

そのように疑う者まで現れた。

あのような場ではたとえ歴戦の兵士であっても、緊張するだろうに、何故ああまで平静なままでいられるのか。ちょっと訳が分からない。

だが、

――どうやら、皇妃としての肩書を持つに値する程度の器は有しているらしい。

ならば、今後の活躍を期待しようではないか。

それによって、彼女を見定めることとしよう。

たとえ一つ功績を挙げようとも、生半可なものでは駄目だ。

何しろ比較対象は——あの『賢帝』なのだから。

そのように、一部の者たちは考えていた。

そして、その彼らは式典から一週間後——口を大きく開けて驚愕《きょうがく》することになる。

皇妃が早速、功績を成した。

それも、一度ではない。

一週間で十回も、だ。

そして、そのどれもが驚くべきことに今までの皇帝の偉業には並ばずとも、それに近い価値を有していたのだった。

その功績を一部紹介するならば、

——国宝の盗難事件が発生した。犯人候補はあろうことか皇妃のみ。しかし、窮地に陥るもその事件を皇妃自身が見事解決したことにより、後日『ソーニャ妃、名探偵爆誕事件』と名付けられる。ちなみに、風の噂ではその助手は皇帝だったらしい。

——皇都の街中を馬車で移動中、突然暗殺者に襲われる。しかし、皇妃は悲鳴一つ上げず、むしろその者たちの助命を求めたことにより、後日『慈愛の聖女・ソーニャ様』と彼女は一部の者たちから呼ばれるようになる。ちなみに、風の噂ではその暗殺者を捕らえたのは、皇帝だったらしい。

──皇妃が何故か唐突に蟬《せみ》の幼虫の飼育を始めた。けれど、その蟬の幼虫を調べたところ、遥《はる》か昔に絶滅したとされていた、蟬でありながら猛毒を有する非常に珍しい種であったことが判明した。それにより、『ソーニャ妃、幸運の女神説』と話題になる。ちなみに、風の噂ではその蟬の鑑定を行ったのは、皇帝だったらしい。

と、いうものであった。

おそらく、この勢いだと、今後も着々と増えていくだろう。

故に、誰もが彼女を認めることとなったのだった。

──あの『賢帝』の伴侶に相応《ふさわ》しい。

と。

何せ、この一週間で彼女はもはや常人ではなく、あの皇帝に比肩する存在の可能性があるのだと、証明してしまったのだから。

そう、異論など出る暇もなく、彼女の地位は、即固まってしまったのだった。

そして、一方、当人たちはと言うと──

「おい、死ぬなァァ!!　生きろソーニャ!!　頼むから生きろォ!!　根性を見せろォ!!　いいか、絶対に私を置いて死ぬんじゃ──アアーッッ!!　また別の不幸か！　さっき死を防いだばかりだろうが、チクショウメェエ！！！」

「エルクウェッド様ーっ！　本当にちゃんと生きますので、お願いですから、どうか普通でいてくださいーっ！　変な声だけはっ！　せめて急に変な声を上げるのだけはお止めくださいーっ！！！」

……そのように二人は、お互いに叫びながら、毎日のようになんかごちゃごちゃしていたのだった。

そして、今後もおそらくはそう有り続けるに違いない。

――いつか二人が本当の幸せを掴《つか》む、その日までは。

番外編　師匠たち

エルクウェッドは、何度もループに巻き込まれてきたことにより、様々な人物と関わってきた。

その中には、彼が師と仰ぐことになった者も当然ながら存在する。彼が賢帝と呼ばれるほどの功績を挙げ続けることが出来たのは、ループによる影響が大きいが、加えて彼に自らの技術を授けた者たちもまた陰の立役者だといっても過言ではない。

しかしその者たちの中には、残念ながらエルクウェッドに技術を授けたことを覚えていない場合があった。時間が巻き戻れば、全てが無かったことになるからだ。

つまりは――

『凄《すご》い！　凄すぎる！　エルクウェッド殿下が、人体切断魔術に成功いたしました!!　見てください！　現在、殿下の身体《からだ》は十等分に分割されています！　しかし手足は動いている!?　一体、どうなっているのでしょうか!?』

黒い箱の中から頭と手と足だけ出したままのエルクウェッドが、空中に真顔で吊《つ》るされていた。

彼の身体は、現在見事に輪切りにされていたのだった。

それを見た奇術師は、ショーの最中にも拘《かか》わらず、やけくそ気味に叫ぶ。

「はいィ！　もうねっ、免許皆伝で良《よ》いっすわッッ!!」

突然のアクシデントに見舞われ、人手が足りなくなったのでとりあえず助手として手伝ってもらおうと、そこら辺にいた少年に声をかけてみれば、実は一国の皇太子だった。

その上、自分が考案して準備した大掛かりでかつ複雑な奇術の仕掛けの数々を一瞬で理解して使用したため、奇術師の彼は度肝を抜かれることになったのだ。

ショーは大盛り上がりで、しかも皇太子の少年は何の指示もしていないのに助手としての仕事を真顔で淡々と完璧にこなしてくれる。

もう彼に教えることは何もない。教えた覚えもないけれど。

『おおっと、輪切り殿下が突然爆発しましたーッ!?　しかも煙が晴れたらそのまま再生して十人に増えています！　そう、あの殿下が十人に分裂ッ!?　地獄が顕現しました！　世界の終わりです――!!』

別に雇った司会兼解説役であるそこら辺にいたやたら謎にハイテンションな酔っ払いのオッサンの声を聞きながら、奇術師はよりショーを盛り上げるため、何が何だか分からないまま世界の終末を告げるかのような勢いで高らかにラッパを鳴らしたのだった。

◇

「さあ、覚悟なさい、エルクウェッド様？　ワタクシの化粧術は、一朝一夕で習得できる代物ではございませんことよ！　そして、私の化粧術にかかれば、どんな殿方だって、見目麗しい女性に早変わり——ちょっ、え!?　いっ、一朝一夕で出来てるんですけどぉォゥゥぅ!!??」

彼に才能を見出《みいだ》した、宮廷化粧師のおネエ様は、レッスン直後に野太い悲鳴を上げた。

◇

「まあ！　まあ！　なんて優雅で美しい振る舞いなのでしょうか、エルクウェッド様！　これなら、どこに出しても恥ずかしくはありませんわ！　エルクウェッド様は国妃の才能がお有りだったのですね!!　それで——ご入籍はいつですの？」

よく分からない成り行きで妃《きさき》教育を指導した高位貴族出身の侍女は、「きゃー！」と楽しそうに黄色い声を上げながら、ついでに侍女としての立ち振る舞いも真顔のまま立ち尽くす彼に伝授したのだった。

「え？　味を見て欲しい？　スイーツを作った？　殿下が？……どうして??」

◇

突然、真顔のエルクウェッドから味見をするように言われた宮廷勤めのパティシエのリーダーである女性は困惑しながらも、用意されたケーキの一切れをフォークで崩して、口に運ぶ。するとと文句のつけようもないほどに美味だった。

しかも、その味から分析できる使用された材料の配分が、自分の作ったものに限りなく近いではないか。

「?????」

どういうことだ。わけが分からない。レシピは自分しか持っていないというのに。

謎の方法で自分の味を再現し出した目の前のエルクウェッドを見て、パティシエールの女性は、「ええ、何この人……味覚おばけじゃん、怖い……」と、ひたすら困惑したのだった。

◇

「それでは殿下、今から馬に乗っていただきます。貴族には騎乗の出来ない者がいますが、殿下は今後、様々な公務で——あれ？　もしかして、もうお乗りになることが出来たのですか。それならば、良かった。実は、一週間後に国主催の乗馬の大会がありまして、そこで殿下には馬に乗ったまま、出場者たちに対して激励のお言葉を頂戴したいな、と——え、早駆けもできる？　それは凄い！　なら、飛び入りで出場も視野に——」

後日、乗馬大会でエルクウェッドが新記録を樹立して晴れて優勝をもぎ取り、指導役の兵士は目をむいたのだった。

◇

「——パパー、何で殿下はレッサーパンダと威嚇勝負してるのー？　急に陛下が謎に可愛《かわい》くなってるよー？」
「いや、パパにも分からん。ママに聞きなさい」

◇

貴族の青年は「え、何？　何なの……!?」と、困惑しながら怯《おび》えていた。

場所は、皇都のパーティー会場。ある日突然皇太子であるエルクウェッドから、招待状が届いたのでわけもわからぬまま参加したのだ。

しかし青年には、自分に招待状が届く心当たりなど皆無であった。なぜなら、送り主であるエルクウェッドとは面識が一切なかったからだ。しかも、招待されたのは当主である父でも今後の妃候補となるのではないかという評判の妹でもなく、自分。そう、自分。なぜ。

え、ちょ、何これ、どういうこと……？　しかも、知らない人ばっかだし、怖い……ぃ。

そう思って会場の隅に縮こまって立っていると、「やあ」と不意に声を掛けられる。そちらに視線を向けてみると——エルクウェッド本人が立っていた。

「で、殿下⁉」

「急に招待状を送りつけてすまなかったな」

彼は、少し申し訳なそうに言う。

「い、いえいえいえ！　滅相もありません！　本日は私にとっても貴重な機会になっております！　はい！」

「そうか、それは良かった。少しでも楽しんでくれるとこちらとしても助かる」

彼は、そう小さく笑みをこぼすと、言葉を続ける。

「気後れするかもしれんが、とりあえずは他の者たちに声をかけてきてはどうだ？　ここに招いた者たちは、大体貴様と似たような事情の者たちばかりだ。もしかしたら、思わぬ縁があるかもしれん」

「そう、なのですか？」

「ああ。私が貴様らにしてやれることといえば、これくらいしかないからな」

「？　それはどういう――」

聞き返そうとしたその時、青年の口は止まってしまう。

目の前に立つエルクウェッドの表情はどこかもの悲し気なものへと変わっていたからだ。

「ここにいる者たちは、皆貴様同様に優秀な者たちだ。そして、私がここにこうして立っていられるのは貴殿らのおかげでもある。――心より感謝する」

突然のその言葉の真意は、彼にしか分からない。しかし、彼は青年に対して深い感謝の意を表していた。

青年は感覚でそれを理解した。そして、

「――殿下、いつかお時間がありましたら、僕と一局お手合わせをしていただけませんか？」

盤上遊戯。それは青年が唯一誇れる特技だった。決して誰にも負けないと思えるほどに。

その言葉に、エルクウェッドは驚いたような表情を浮かべる。その後、少しして笑みをこぼした。

「ああ、必ず。その時はよろしく頼む」

彼は、それだけ言うと、青年に背を向けた。

その後、無言でその場を走り去る。

そして、そのまま少し離れた場所にいた、酔っぱらって顔が凄い赤い屈強な招待客（実は弓の名手らしい）に対して「おい貴様ァ！　また暴れようとするんじゃない！　一体何度目だと思っているんだ、このチクショウめェェっー！」と片腕を叩きつける攻撃《ラリアット》を喰らわしたのだった——

番外編　結婚詐欺師

　エルクウェッドは、数えきれないほどループに巻き込まれてきた。その中で、成り行きで他人に師事し、成り行きでその相手の技術を会得した機会が何度もある。

　師匠となる者に貴賤《きせん》などなかった。平民もいれば貴族もいた。何なら、知恵を持たぬ獣にだって教わることもあった。地位や肩書など関係ない。彼は、真顔で相手から言われたとおりのことを淡々とこなしたのだ。その甲斐《かい》もあって、エルクウェッドは優れた技術を有することがかなったのだが、当然ながら彼としても習得したことを手放しに喜べない技術と、その師匠がいた。

　——それは彼が二十歳となった時のことだ。

「あらあら、兵士さんたち。いきなり何をするというの？　暴力はいけないわ。私は何もしていないもの」

　皇都のとある路地裏にて、複数人の兵士たちに捕らえられながら、可憐《かれん》な成人女性は小首を傾《かし》げ、余裕のある声音で声を上げた。

　しかし、それを見てもエルクウェッドの心が揺らぐことは無い。冷静に集めた兵士たちに指示を出す。

「――命令だ。決して拘束を緩めるな。その者は、心を惑わすことに長《た》けている。容易に騙《だま》されるなよ」

「はっ、承知いたしました殿下！」

兵士たちが各々気を引き締めるようにして声を上げる。その返事を聞きながら、エルクウェッドは捕縛された女性に近づく。

「あらあら、素敵な殿方ね。こんにちは。どこかでお会いしたかしら？　生憎《あいにく》、私の記憶には――」

「いいや、あるはずだ。今まで貴様にエルシーと名乗っていた者だからな、私は。覚えているだろう？」

その言葉に、女性は驚きの表情を見せる。

「――は？　え、エルシー……？　ま、まさかあなたなの……!?　確かに面影が……いいえ、そんなことより、あなたが男だったなんて……それに貴族……!?　あなた、一度もそんなことは――」

「騙して悪いが、正真正銘男だ。それと貴族でもない。皇族だ。本名はエルクウェッドという」

女性の表情が、より驚愕《きょうがく》に染まる。当然だろう、リィーリム皇国に住まう者がその名を知らぬはずがない。

リィーリム皇国次期皇帝。――皇太子エルクウェッド・リィーリム。

その本人であると、彼は名乗った。そして、彼がその女性の前に現れた理由は一つ。完全な別れを告げるためであった。

「我が師よ、お別れだ。――貴様を結婚詐欺の容疑で捕らえる。尋常にお縄につけ」

「なっ、エルシー！　私を裏切るつもりなのっ!?」

「それはこちらのセリフだ。『手を洗え』、以前そう言ったはずだぞ」

実はエルクウェッドは、一時期平民に紛れて個人的に市井調査を行っていたことがあった。その際に、偶然にも接触したのがこの女性であった。彼女はエルクウェッド（女装）と打ち解けたことで、とある技術を彼に教えたのだ。その一つは、男性を相手にした際の会話術である。この技術を用いれば男性限定だが、相手を必ずメロメロにできるという。

残念ながら男である彼には使い所が全くなかった。

「……貴様には良くしてもらった。恩を仇《あだ》で返したくはなかったが、犯罪行為を見過ごすことは出来ない。警告を無視して、こうしてまだ詐欺を続けている。残念ながら許すわけにはいかない」

「……っ！」

「それと、先ほど騙した相手は、こちらで用意した囮《おとり》の兵士だ。言い繕うことはもう出来んぞ」

　エルクウェッドが神妙な表情で告げると、少し離れた場所にいた若い兵士が「えっ」と驚いたように声を上げる。

「あの婚姻契約書、無効になるんですか……!?　そ、そんなぁ！」

「――おい、そこ！　私語は慎め！」

　上司から怒られる残念そうな表情の兵士を見て、「囮は既婚者にした方が良かったな……」とエルクウェッドは内心反省することになる。しかも「その者は若い女に見えるが、かなりの歳《とし》だぞ！　俺が若かった頃から世間を騒がせていた古強者だ！　お前さては事前の話をまともに聞いていなかったな!?」と、上司から真実を知らされて若い兵士は大ダメージを負う羽目になっていたのだった。

「……エルシー」

　一方、結婚詐欺師の女性は顔を伏せたまま鈴を転がしたような声で呟《つぶや》く。

「あなたは、私の意思を受け継ぐ可愛い弟子だと思っていたのに。ちなみに歳は私ほどではないけれど、まあそこそこいっているかな？　とも思っていたのに……」

「いや、一緒にするな。あと、私はまだ華の二十歳だ」

　ループに巻き込まれ続けているせいで、歳の割に達観しているとは、よく言われるが。

と、彼は心の中で呟きながらも、他人から直接老けていると言われて割とガチめのショックを受ける。

「――男は皆生まれながらにして狼《おおかみ》。そして、私たちはそれを獲物とする狩人《かりうど》。この世は弱肉強食なの。食うか食われるか。それだけ。それだけなのよ。エルシー、あなたは元狩人でありながらこの崇高な戦いに水を差した。あまりにも酷すぎるわ」

「？　いや、意味が分からん」

急に訳の分からんことを言い出したな、こいつ……とエルクウェッドは胡乱《うろん》な目を向けるが、結婚詐欺師の女性は止まらない。

「狼に戻ってしまったあなたには分からないでしょう!!　これは聖戦だった!!　世界をハッピーな幸せに満たすための！　お願いだから、これ以上、邪魔をしないでちょうだい！　エルシーィィ！！！」

「……どうやら少々、喋《しゃべ》らせ過ぎたな。口を閉じさせろ」

エルクウェッドは「ええ、結婚詐欺してたのって、私利私欲というよりも何か崇高な使命的なあれだったんだ……」と内心見知った相手がなかなかにやべー奴だったという事実を知って、囮の若い兵士同様に衝撃で震えながら、兵士に命じて口を塞がせる。

「エルシー！　エルシーィィ!!――エルクウェッドォオオ！！！」

しかし最後に彼女は怨嗟《えんさ》の声を上げた。それは、地の底から響くような怒声。あまりの剣幕に女性を拘束していた兵士たちが怯《おび》えだす。

「お、お前たち何をしている！　早く、口を閉じさせろ！　殿下の命令だぞ！」

「わ、分かっていますっ！」

「ひ、ひィッ!?」

　突然の怒声を聞いて兵士たちが慌て出す。すかさず、エルクウェッドが「おい、貴様ら、落ち着け！」と声を上げるが、ついうっかり今まで女装していた際の癖で変声術を発揮してしまい、「うわぁ！　殿下の声だけ美少女になったァ!?」と、さらに混乱を招く結果となってしまったのだった――


　ちなみに余談だが、「こんな技術、いつどこで使う機会があるんだ……結婚詐欺をやるつもりなんてないぞ……」と彼は思っていたところ、後年に図らずも遺憾なく使用してしまうことになる。

　それは二年後の隣国で西の平原大国に招待された時である。その際、不本意にも彼は傾国と呼ばれてしまうことになるのであった――

番外編　列席者たち

何とか無事に婚姻式典が終了し、私とエルクウェッド様は会場を離れた。

といっても、別に今日やるべきことを全て終えたわけではない。私たちにはまだ大事な仕事が残っていた。

それは、列席者たちの応対である。

「この度は、お二人の御婚姻、誠に御目出度《おめでた》く――」

将軍様直属の兵士たちによって厳重な警備が施された白菊《しらぎく》帝宮内の一室にて、私とエルクウェッド様は並んで座っていた。

そして、そこに絶えず、本日の列席者たちが挨拶に訪れるのだ。

国内の上位貴族たちや他国の要人たちなど、式典には何十人もの人が列席した。けれども私たちがいる部屋に入れるのは、防犯の都合上、一度に三、四人が限度である。

一応、一組五分程度の持ち時間だが、それを最低でも十回以上繰り返す必要があったため、かなり気疲れするのだった。

それと基本的に、エルクウェッド様が列席者への対応をしてくれる。けれど当然ながら皇妃となった私もその地位に相応《ふさわ》しい振る舞いを心がけなければならない。

彼の隣で、ただ呆《ほう》けていては駄目なのだ。今までラナスティアさんから教わってきたことを頭の中で思い出しながら、私は立ち上がってドレスの裾を持ち、相手の挨拶に応える。

その際に話を自分に振られることもあったので、笑みを崩さないように、噛《か》まないように気をつけながら、私は返事をしたのだった。

◇

一時間が過ぎた。そこで、エルクウェッド様が小さく息を吐いた後、私に声をかける。

「これで他国から招いた要人たちの挨拶は済んだ。次からは、私が個人的に呼んだ者たちの番になる。ソーニャもよく頑張った」

「分かりました。こちらこそ、危ない時はフォローしていただきありがとうございました」

「構わん。ともあれ、あと少しだ。先ほどまでよりは気楽にしていてもいいが、完全には気を抜くなよ。最後まで何があるか分からんからな」

「はい、気を付けます。――そういえば、エルクウェッド様。先ほどの方が仰《おっしゃ》っていたことは、一体どういった意味だったのでしょうか……？」

実は、先ほど私たちに挨拶を行った参列者の一人である女性——南の諸島国家群の小国の女王が、どういうわけか目を輝かせてよく分からないことを早口で言ったのだった。

——『まあ！　この方が、運命の赤い糸の御方なのですね⁉』と。

「『個人的に公式とは解釈が異なっていましたけれど、これはこれでアリですね！』って、仰っていましたけれど、私には何が何だかさっぱり……」

内心首を傾《かし》げながら、彼の方を見ると、なぜか彼はテーブルの上で肘を立てたまま指を組んでうつむきがちになっていたのだった。

「忘れろ」

「えっ」

「忘れろ」

彼は、有無を言わせない口調でそれだけ告げる。

「今度図書館に連れていったとしても貴様には、あれだけは絶対に読ませませんからな」

「はあ……」

よく分からない。さらに頭の中の疑問符が増えてしまった。

そのことについてさらに詳しく聞こうか悩んでいると、部屋の扉が叩《たた》かれる。

そして、その後、また新たな一組が現れたのだった。

しかし、私はそれを見て、驚いてしまう。

今まで現れた他国の要人たちとは、あまりにも毛色が異なった装いをしていたからだ。

現れたのは二人。一人は、褐色の肌をした妖艶な見た目のひらひらとした衣装をまとった女性。もう片方は驚くほど色白の肌をした白い熊のような毛皮をまとった男性。

目を白黒させていると彼が、私に呟く。

「――東の山林諸国連合の統括権限保有者と北の少数民族の長だ」

「……すみません、ありがとうございます」

確かに、二人とも式典の際に見かけた。しかし、その姿を改めて間近で見ると、見慣れていない恰好《かっこう》であるため少しびっくりしてしまう。

東の山林諸国連合と北の少数民族。その二つは、あまりリィーリム皇国やその近辺の国々とは交流が盛んではなかったため、今までどのような人々が暮らしているのか分かっていなかった。

確か十年近く前にエルクウェッド様が彼らと積極的に交流を行い始めたことで、国内でも認知されるようになったはずである。

その際に誕生した、彼の偉業と呼ばれた功績の一つである『殿下、エスニック謎ダンス無双事件』のことは、田舎暮らしであった私でも知っていた。

「彼らの挨拶は特殊だ。貴様の場合、返礼は一般的なもので構わん」

「分かりました」

彼はそう言って、席から立ち上がると、前に出る。私もその後に続く。

そして、私の目の前で列席者の二人は、予《あらかじ》め覚えてきたのであろう大陸の一般的な挨拶を行い、それに対してエルクウェッド様は――相手方の故郷に合わせた返礼を行ったのだった。

まずは、東の山林諸国連合の女性に対して。

しかし、それがあまりにも予想外すぎて思わず私は驚きに目を見開くことになる。

――突然、エルクウェッド様が踊り出したのだ。真顔で。

しかもその動きが、何だかセクシーな感じだった。わけが分からない……。

「!!」

それを見て、女性は一瞬驚くが、すぐさま表情を引き締めて彼女もまた踊り出す。――そう、エルクウェッド様同様にセクシーな感じで。

そして、一分ほど二人は真顔のままその場で対面しながら一心不乱にくるくる踊り続けた後、両腕を広げて全身で終了のポーズをとるのだった。

「――招待に応じていただき、感謝する。良《よ》い踊りだった」

「こちらこそ、招待いただきありがとうございます。この場にポールが立っていないことが残念でならないと思えるほど、美しい舞いでした。ご結婚おめでとうございます」

そして、女性は数歩下がる。

同時に私の頭の中は混乱中である。けれど、状況は待ってはくれない。

次は、北の少数民族の男性の番であった。相手はエルクウェッド様を見てニヤリと笑い、口を開く。

「ウナケチャッコロ！」

ウナ……え、何……？

何て言ったのか聞き取れなかった。

そういえば、北の少数民族の人々は大陸共通語を使用していないんだっけ……。

そのことを思い出していると、エルクウェッド様も声を上げる。

「ヒケ～セョォン！」

彼の言葉も私には意味が理解出来なかった。

その後、二人はすぐさまガッと力強くハグをする。互いに背中や肩、腕や頭をばしばし叩き合ったのだった。

「アアッー！」

「ケェーッ！」

同時に何か急に変な声を上げ始めた。

「イィーッ!!」

そして、私たちの後ろに控えていた背の高い侍女の一人も、何故《なぜ》か急に共鳴し始める。

な、何で……？　今まで基本的に無言だったのに。

――ええと、もしかして、これ私も何か叫ばないといけない感じだろうか……。

その謎の光景を見ていると、そのような謎の不安に襲われてしまう。

なので、誰にも聞こえないように小さく呟《つぶや》いてみるのだけれど「うーっ」といった声しか出なかった。

正直他の人たちのような力強い変な声を出せる気がしない。あれ、どうやって発声しているのだろう。やはりコツとかあるのだろうか……？

そう思っていると、私の声を耳聡《ざと》く聞き取ってしまったらしい目の前の三人が、私に対して心配の声をかけてくる。

「どうしたソーニャ!?　具合でも悪いのか!!　今すぐ医師を呼ぶ！　死ぬなよ!!」

「おい嬢ちゃん！　拾い食いは、ほどほどにしておけよ！　危険があぶないぞ！」

「ウルンバウルンバ！　ゴゴカケタマハァン!!」

「ちっ、違いますっ！　誤解です!!」

私は、必死に否定した。

まさか小声であっても聞かれるとは思わなかった。恥ずかしい……。

私は、羞恥により両手で顔を隠すことになるのであった……。

そしてその後、列席者たちの挨拶が、粗方終わる。

流石《さすが》に疲れてきた。深く息を吐いて、気分を入れ替える。

そして、きちんと記憶に結びつけるために挨拶に訪れた人々の顔を思い返す。当然ながら今まで挨拶にきた人々は、皆私が知らない人々ばかりであった。そのため、皇帝陛下が毎回、私に小声で名前と地位や肩書を教えてくれたのだ。

彼は、ほとんどの人と顔見知りであった。

そのことを凄《すご》いと思って彼に伝えたら、「まあ、大体の奴らはループしている時に何度も何度も何度も顔を合わせているからな」と言われてしまい、「すみません！」と謝ることになってしまう。

彼は、「過ぎたことだ、ははは」と笑っていたけれど、その目は徹夜を何日でもしたかのようにキマッていた。本当にごめんなさい……。

それと、一応私たちに挨拶した中には、私が知っている顔の人々も何人かいた。

まずは、前皇帝であり、エルクウェッド様の父であるケヴィス・リィーリム様だ。

実は、妃《きさき》教育を受けている最中に、何度か多目的ホールに現れていたのである。

といっても、エルクウェッド様はなぜか入室の許可をしていないようだったので、強行突破してきたとしてもすぐに兵士たちにつまみ出される結果になっていたけれど……。

本日は私たちを見て『おおぅおおおぉぉ!!』といったような凄い声を上げて有り得ない

ほどに号泣していた。

次に、宰相様と将軍様。二人は、私たちのことを快く祝福してくれたのだった。

「ほら、見てください、将軍閣下。あんなに小さかったあのお方が、今ではこんなに立派になられて……わたくし……わたくしは大層嬉《うれ》しゅう思います……」

「……泣くのはお止めください、宰相閣下。せっかくの皇帝陛下のお姿が、霞《かす》んで見えなくなってしまいますぞ……」

「……将軍閣下こそ、兜《かぶと》を脱がなくて良いのですか。せっかくの皇帝陛下のお姿をもっと良く見ておくべきでございますよ……？」

「……主役である御二方を失神させられませぬ故……今はこの『呪い』がとても憎らしく思います……」

前皇帝同様に二人は鼻声で、おいおい泣いた後、私たちに「「おめでどうござい゛ま゛ず!!」」と声を上げたのだった。ちなみに、もう一人一緒に挨拶に来るはずだった国立研究所の所長は、式典が終わった直後に睡眠不足で倒れて医務室送りになったため、不在となった。なぜか運ばれていく彼女の顔はやり切った表情をしていたのだという。

そして、その次はツィクシュ公爵とラナスティアさんである。

「御結婚誠におめでとうございます、ソーニャ皇妃」

「とてもご立派でしたよ、ソーニャ様。感動いたしました」

二人は、臣下としての礼を取った後、そのように私に告げたのだった。

ツィクシュ公爵が、私との婚姻について、公に支持することを発表したことで、かなりやりやすくなったとエルクウェッド様は語っていた。

それに、ラナスティアさんには『最愛』に選ばれてからはいつも助けてもらっていた。ちなみに、ツィクシュ公爵も皇都にエルクウェッド様と出かけるときに毎度お世話になっている。ちなみに、そのたびに問題が起きてエルクウェッド様が解決するので「なぜか、わけが分からんうちに自国の膿《うみ》が取り除かれていく……」とツィクシュ公爵が困惑していたりするのだけれど……それについては、ちょっとごめんなさいと心の中で言う他なかった。

「次お会いする機会があったなら、その時は是非とも陛下を射止めた手腕についてお聞きしたく思います。それと、どうやってこの御方を御しているのかについても詳しく教えていただきたいものです」

「それは私も、お聞きしたいですね。そういえば、ソーニャ様の二つの力も知りませんし、後で教えてくださいませんか？」

それはあまりにも難しすぎる。私は、「あ、あはは……」と、苦笑いで返すしかなかったのだった。

番外編　家族

——場所はリィーリム皇国の片田舎。そこは、フォグラン男爵が治める小さな土地であり、その中に建つ古びた屋敷《やしき》では、ソーニャ・フォグランの家族三人が食卓を囲んでいた。

「ああ、ソーニャ、元気かしら。ちゃんと、ご飯食べてるかしら」

ふと不安げに呟いたのは、ソーニャの母親である。食事をしながらも物憂げに、実の娘のことを心配する。

「おそらく大丈夫だろう。少々引っ込み思案だが、病気だけはしなかった子だ。後宮では自分より上の歳《とし》の貴族の子ばかりだろうし、友達を作るのは難しいかもしれんが、まあ元気にはやっているだろうさ」

パンをちぎりながら、穏やかな声で父が応じた。

「いや、父上。病気はしなくても、怪我《けが》は割としていたから、正直そこが心配だな俺は」

対して兄がスープをすくう手を止めながら、過去を思い出すようにして言う。

「気が付けば、いつの間にか一歩間違えたら死んでいたかもしれない目に遭うこともあったし、そうなりそうで少し怖いよ」

「そういえばあの子、昔から、運が良いのか悪いのかよく分からなかったのよねぇ」

「だが、後宮には兵士がいて警備もしっかりしているって、宰相閣下も仰《おっしゃ》っていたじゃないか」

「まあ、それはそうだけどさあ」

ソーニャが後宮入りして、一ヶ月ほど経過した。当時家族三人は彼女を快く送り出したのだが、それでもやはり時間が経《た》てば、心配も募ってくる。その理由として最も大きいのが、ソーニャからの手紙がまったく届かないことであった。

「やっぱりおかしくないか？　後宮に行く前は、週に一度手紙を出すと言っていたのに。もしかして何かあったんじゃ……」

「いやあ、それは……どうだろうな」

兄の言葉に父の返答も濁ったものとなる。ソーニャから手紙が届いたのは、今のところ最初の週の一通のみ。内容は、後宮での暮らしがどのようなものかについて簡単に書かれたもの。そして、それ以降は一通も家に届いてはいない。

「ねえ、こちらから、手紙を送ってみるというのはどうかしら」

「まあ、特に心配ないとは思うが、そうしてみるか」

「それがいいよ」

三人は頷《うなず》くと、食事をしながらどのようなことを手紙に書くか話し始める。

『『食事はちゃんととっているか。ちゃんと眠れているか。心配事はないか。元気にやっているか』、それと……ほかはどうする？」

「そうねえ、後宮での暮らしで気に入ったところとかあるのかしら」

「なるほど。それも書いておいて良さそうだ」

「ああ、あと皇帝陛下とお会いする機会があったか聞いてみたいな。確か、前の手紙では一度謁見したと書いてあったし、もしも皇帝陛下からの覚えが良かったら、『最愛』に選ばれたりするかもね」

「ははは、それは流石にないんじゃないかあ？」

冗談っぽく兄が言うと、父が可笑《おか》しそうに笑う。それに対して、母は「あら、分からないわよ」と応じた。

「あの子、よく年上から好かれていたじゃない」

「まあ、ある意味好かれてはいたけれど」

「領内の村の爺《じい》さん婆《ばあ》さんから可愛《かわい》がられてはいたがなぁ」

真面目な性格であるため、何かと村の年長者たちからの評判が良かったことを三人は思い出して笑みをこぼす。

そして、父がぽつりと何気なしに言った。

「よし、じゃあ決めた。もしもソーニャが『最愛』に選ばれたなら、その時は領内の人間を集められるだけ集めて、皆で皇都に御祝《おいわい》に行くぞ!」

その言葉に母と兄が「あらあら」、「おお」と賛同する。

「それだとまた、クローゼットから余所《よそ》行き用のドレスを探しておかなくちゃいけないわねえ。一着はソーニャにあげちゃったし」

「何年振りかの皇都だから、観光もしたいところだね。領民の皆はどこ観にいきたいんだろう?」

「ははは、二人とも気が早いな」

そのように三人は談笑するが、実のところ「とにかく無事に帰ってきてくれればそれでいい」というのが本音である。

そして後日、ソーニャに手紙を送り――少しばかりして戻ってきた返事の手紙の内容を見て三人は「えっ、えぇーッ!? 本当に本当に本当に本当にそうなったァァ!?」と仰天することになるのであった。

番外編　長身の侍女

エルクウェッドは、皇城のとある場所を訪れていた。

そこは、罪を犯した貴族や他国の要人を一時的に収容する牢屋《ろうや》である。

といっても、檻《おり》がついている以外は、至って快適そのもの。一般の客室と変わらない造りとなっていた。

彼がなぜそのようなところに足を運んだのかというと、ある人物に用があったのだ。

その人物とは──

「──よお、皇帝陛下。待ちくたびれたぜ」

「ふん、まだ収監されて二日目だろうが」

「いいや、一日振らないだけで剣の腕が鈍っちまう。俺は、ここから出てさっさと素振りがしたい。まあ棒切れ一本渡してくれるなら、ここでも全く構わんが」

長身痩軀《そうく》の剣豪──ヴィクトル。彼自身に自覚はないが、数多《あまた》のループにより、エルクウェッドの剣の師匠となった人物である。

「その必要はない。貴様の処遇が決まった」

「なんだ？　奴隷落ちならせめて剣奴にしてくれると嬉《うれ》しいんだがなあ」

「生憎《あいにく》、我が国に奴隷制度は存在しない。まあ、近からず遠からずと言っておこう」

「は？　どういうことだ」

エルクウェッドは、檻の隙間から、ある物を渡す。

「……おい、皇帝陛下。何だ、これは？」

それは紛れもなく侍女服であった。

「貴様が着ていた物を縫い直した。爆風や瓦礫《がれき》の破片でぼろぼろだったからな」

彼は得意げに語る。

「ちなみに縫い直したのはこの私だ。感謝しろ。わざわざ夜なべしてやったのだからな」

「いや、この高級品を綺麗《きれい》さっぱり縫い直し出来るのは、普通に凄《すご》いと思うが……なぜこれを俺に渡す？」

「決まっている。貴様には、護衛としての役目を与えることにしたからだ」

「……なるほど」

剣士の男は、考える素振りを見せる。

「俺が重犯罪者である以上、表立ってまともな待遇は約束できない。だが、内密になら、立場を用意することは出来る。それが、これか」

「そうだ。貴様は今日から私の私兵となる。兵士ではなく、家臣でもない。雇用主と雇用者、ただそれだけの関係だ。基本的に、貴様には兵士にも任せられない仕事をしてもらう」

「つまり俺は、それなりに使えるが正直いつ死んでも構わん駒というわけか」

「無論。不服か？」

「いいや、文句は言わんさ。命があるだけで儲《もう》けものだ。その役目、しかと拝命しよう」

その言葉に、エルクウェッドは「殊勝な判断だ」と頷く。

「貴様の仕事は、基本的に私が伴侶に選んだ少女の護衛だ」

「ああ、あの嬢ちゃんか。で、これを着ろというわけか。まあ、大人しく従うしかないのは分かるが……ぶっちゃけすぐバレるだろう？　普通に」

その言葉にエルクウェッドは自信満々な様子で返答したのだった。

「問題ない。私が化粧を施してやる。私の技量があの暗殺者共程度だと思うな。それと、振る舞いや所作についても教えてやる。変声術については……まあ、後回しだな。あれは少し特殊な訓練が必要だ。当分は、無言でいてもらうとするか。とにかく今のところ夜しか時間は取れん。今夜から始めるぞ」

「……一応、ちゃんと確認しておく。それは、侍女としての振る舞いやら何やらをあんたから教わるってことで、良《よ》いのか？」

「そうだが？」

それがどうかしたのかといった顔をエルクウェッドはするのであった。

「……そ、そう、か。そういえば、あんた、いつ寝ているんだ？」

「眠り方にもコツがある。短時間で長時間睡眠に勝る睡眠方法を以前、睡眠仙人と呼ばれる人物に習った。それと、立ったままや歩きながら眠る方法も教わったから、少し空いた時間で眠ることを心がけている。ここ数年、寝不足になったことはない」

「まじか……」

ヴィクトルは、「なんだこいつ……得体が知れなさすぎる。正直キモいな……」と、エルクウェッドに対して気味の悪そうな目を向けるのだった。

そして、その後彼は侍女姿で、幾度となく鷹《たか》と共に少女の窮地を無言で救うこととなる。

あーあ、たまには思いっきり叫びたいな、と過去にエルクウェッドが抱いた望みと似たようなことを思いながら。

あとがき

お久しぶりです。かざなみです。

本作をお手に取っていただき誠にありがとうございます。

また、皆様とお会い出来て大変嬉《うれ》しく思います。

約一年振りでしょうか。月日が流れるのは、実に早いものです。——え、もう一年近くになるの……？　本当!?

……正直、時間というものの無慈悲さにびっくりしている次第ですが、本題に入らせていただきます。

本作二巻は、WEB版から大幅に改稿、加筆修正を加えております。WEB版を既にご覧になっていた方は「二巻の話って、どうするんだろう？　文量、全然足りなくない？　WEB版だと、あとちょっとしか残ってないじゃん。書き下ろすの？」と思われたことでしょう。その通りです。全体の七割、八割くらいを書き下ろしました。

ちなみに作業時は「とにかく、わちゃわちゃさせたいなあ」とか、「ああ、後宮要素もうほとんどなくなっちゃったなこれ……」とか、「あ、まずい!?　ここで時間を経過させると、ヒロインが蟬《せみ》の成虫に生存日数で勝ってしまう。どうしよう……いや、幼虫が残っているからまだ大丈夫か」とか、「うふふ、いつヒーローにレッサーパンダの威嚇ポーズさせようかなあ、うふふ！」とか、あれこれ考えながら執筆出来てとても楽しい体験でした。

ＷＥＢ版、商業版どちらの読者の方でも楽しめる内容になったかなあと思っております。それと、作者としては一度でもくすりと笑っていただけたら、嬉しいです。

そしてそして、本作一巻と二巻が楽しめましたら、是非ともフロースコミックで連載中のコミカライズ版もご覧になっていただきたく思います！

あるてぃ先生が描く本作コミカライズは本当にかわいくて最高ですよ！　一巻も発売中です!!

次に最後となりましたが、担当編集様には色々とご都合いただきました。本当に感謝申し上げます。ゆき哉様には今回もとても美麗でかわいい表紙を描いていただきました。最強です。

読者の皆様におかれましても、ここまでお付き合いいただき誠にありがとうございました。

どうかまたお会い出来る日が来ることを心から願っております。

かざなみ

お便りはこちらまで

〒一〇二—八一七七
富士見L文庫編集部　気付
かざなみ（様）宛
ゆき哉（様）宛

富士見L文庫

私《わたし》と陛下《へいか》の後宮《こうきゅう》生存《せいぞん》戦略《せんりゃく》2
―不幸《ふこう》な妃《きさき》が幸《しあわ》せになる方法《ほうほう》―

かざなみ

2024年4月15日　初版発行

発行者　　山下直久
発　行　　株式会社KADOKAWA
　　　　　〒102-8177　東京都千代田区富士見2-13-3
　　　　　電話　0570-002-301（ナビダイヤル）

印刷所　　株式会社暁印刷
製本所　　本間製本株式会社
装丁者　　西村弘美

定価はカバーに表示してあります。　◇◇◇

●お問い合わせ
https://www.kadokawa.co.jp/（「お問い合わせ」へお進みください）
※内容によっては、お答えできない場合があります。
※サポートは日本国内のみとさせていただきます。
※Japanese text only

ISBN 978-4-04-075374-4 C0193